KB253224

Fantastic Oriental Heroes

무림공적

지천우 新무협 판타지 소설

武林公敵

무림 공적 6

지천우 新무협 판타지 소설

초판 1쇄 찍은 날 § 2006년 12월 18일
초판 1쇄 펴낸 날 § 2006년 12월 28일

지은이 § 지천우
펴낸이 § 서경석

편집장 § 문혜영
편집책임 § 최하나
편집 § 문정흠

펴낸곳 § 도서출판 청어람
등록번호 § 제1081-1-89호
등록일자 § 1999. 5. 31
어람번호 § 제2-1082호

주소 § 경기도 부천시 원미구 심곡1동 350-1 남성B/D 3F (우) 420-011
전화 § 032-656-4452 팩스 § 032-656-4453
http://www.chungeoram.com
E-mail § eoram99@chollian.net

ISBN 89-251-0458-X 04810
ISBN 89-251-0131-9 (세트)

6

위기(危機)

Fantastic Oriental Heroes

무림공적

지천우 新무협 판타지 소설

武林公敵

도서출판 청어람

목차

제1장 신비세력(神秘勢力) / 7

제2장 독고세가(獨孤世家) / 31

제3장 경계태세(警戒態勢) / 47

제4장 암살임무(暗殺任務) / 77

제5장 궁극지의(窮極之意) / 111

제6장 비밀세력(秘密勢力) / 145

제7장 탈옥시도(脫獄試圖)1 / 157

제8장 화린지일(花潾之日) / 191

제9장 동상이몽(同床異夢) / 203

제10장 탈옥시도(脫獄試圖)2 / 223

제11장 누란지세(累卵之勢) / 241

제12장 진퇴유곡(進退維谷) / 263

제13장 전화위복(轉禍爲福) / 279

제14장 전호후랑(前虎後狼) / 309

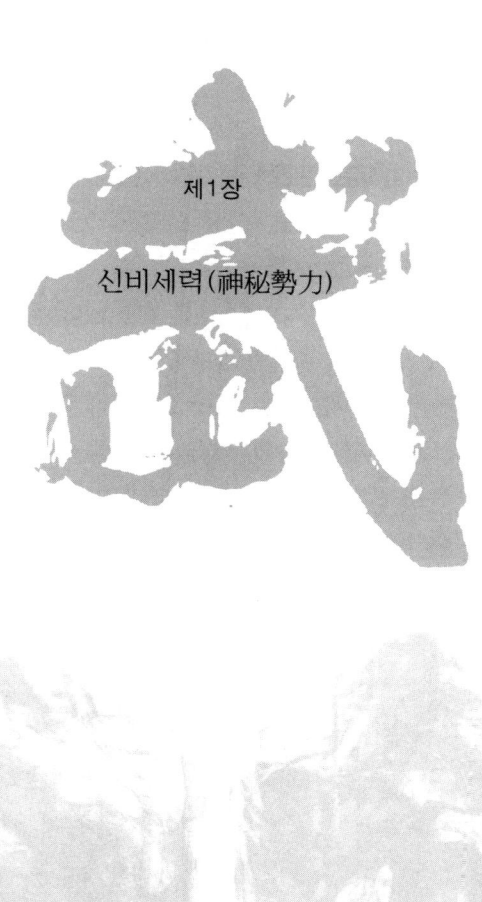

제1장

신비세력(神秘勢力)

　붉은 물이 옅게 든 혈옥의 안은 어색한 침묵이 흐르고 있었다.

　혈괴는 몸집이 얼마나 컸던지, 일행은 간신히 앉을 구석을 찾았다. 작지 않은 동굴에서 쉬고 있었지만 혈괴가 누워 있으니 이렇게 좁을 수가 없었다.

　"정말 더럽게 크군."

　지금까지 자신이 이 세상에서 가장 큰 사람인 줄 알았던 임홍이 투덜거렸다.

　그렇지만 불만보다는 놀라움이 더 크게 자리했다.

　혈괴의 숨소리 하나하나엔 엄청난 존재감이 서려 있었다.

만약 그가 깨어 있었다면 과연 그의 위압감이 얼마나 클지 예상할 수조차 없었다.

혈괴는 현재 잠을 자고 있는 중이었다.

지금까지 그의 몸은 항상 뜨거운 열에 달궈져 있었다. 약 칠십 년 만에 편안함을 느끼는 혈괴였으니, 꽤나 오랫동안 잘 듯했다.

"여어, 영감."

갑자기 임홍이 지명하자 혈마가 깜짝 놀라며 황급히 답했다.

"왜 그러나?"

임홍은 수상쩍다는 얼굴로 혈마에게 물었다.

"혹시 이 괴물이 아들이라도 돼?"

"얼토당토않는 소리. 노부가 이 녀석과 닮은 구석이 눈곱만큼도 없잖은가. 오히려 친족이 있었다면 그건 자네가 아닐까?"

"하하하."

곽소천이 혈마의 농에 웃었다.

임홍은 그런 곽소천에게 쌍심지를 켜 보이고는 다시 혈마에게 물었다.

"그럼 그 걱정돼 죽겠다는 눈빛은 뭔데? 칠십여 년간 이 혈옥에서 같이 지낸 정이 있어 그렇게 걱정하는 거야? 아니면 심심할 때마다 '크아아아아아!' 라고 소리 질러 줄 사람이 없어져서 섭섭한 거야?"

임홍의 날카로운 지적을 받은 혈마는 고개를 푹 숙였다.

모르긴 몰라도 상당히 대답하기 곤란한 질문을 한 것은 분명했다.

한참을 생각하던 그는 곤란하다는 듯한 얼굴로 입을 열었다.

"꼭 대답해야 하나?"

임홍이 고개를 갸웃거린다.

딱히 들을 이유는 없었다.

임홍은 휘인을 물끄러미 쳐다봤다.

임홍의 시선을 받은 휘인은 어깨만을 으쓱였다.

임홍은 어쩔 수 없다는 듯이 말했다.

"하기 싫음 말아."

"……."

너무도 쉽게 상대가 포기하니까 그것도 조금 아쉬운 혈마. '이건 아닌데' 라는 얼굴로 혈괴만을 내려다보고 있는 그의 모습이 어딘가 안쓰럽다.

그의 모습에 소여락이 마지못해 혈마를 재촉했다.

"튕기지 말고 순순히 이야기하는 게 어때? 너무 듣고 싶어 미치겠어. 그러니까 우리 부탁을 들어주는 셈 치고 털어놔 봐."

그제야 밝아지는 혈마의 표정.

나이가 먹을수록 어린아이가 된다는 말이 딱 들어맞는 순간이었다.

"정말 말하기 곤란한데."

표정은 그야말로 기뻐 죽겠다는 얼굴인데 그의 입에서 나오는 말은 부정적이었다.

꼴에 한 번 더 튕긴다.

소여락은 이마에 솟아오른 핏대를 만지작거리며 짜증난다는 듯이 내뱉었다.

"우리가 목숨을 걸고 혈괴를 살려왔으니까 그 정도의 대가는 있어야겠지? 그렇게 생각하지 않아? 우리가 아니었으면 혈괴는 아직도 저 염옥에서 통구이가 되어가고 있었을 거 아냐."

"엄연히 따지면 우리가 아니라 휘인 혼자서라고 할 수 있지."

곽소천이 소여락이 한 말의 어폐를 정정해 주었다.

안 그래도 짜증나 죽겠는데 누군가가 자신의 신경을 건드리자 눈에 불을 켜고 곽소천을 노려보는 소여락. '찌그러져 있어'라는 그녀의 무언의 의사를 알아들은 곽소천은 입을 굳게 닫았다.

"그렇게나 듣고 싶다면 마음 약한 노부가 계속 거절할 수는 없지. 그럼 자네들이니까 이 노부의 비밀 이야기를 해주겠네."

소여락이 코웃음을 쳤다.

"웃기네. 어차피 그 비밀이라는 게 지켜질 걸 알고 있으니까 이야기해 주는 거 아냐?"

그 비밀이라는 게 외부로 퍼져 나가서는 안 되는 일이니 처음엔 발설하기를 꺼렸을 것이다. 그렇지만 외부로만 퍼지지 않으면 상관없는 일이었다.

혈옥에는 출구란 없었다.

오로지 입구만 존재할 뿐이었다.

혈마만큼이나 그 사실을 실감하는 이는 없었다.

혈마는 어깨를 한 번 으쓱였다.

"그렇기도 하네. 비밀이 비밀로 지켜질 수 있다면 이야기를 해도 상관없겠지. 게다 일단 혈옥에 들어왔으니, 좋든 싫든 우리는 한 식구가 아닌가. 평생을 같이할⋯⋯."

"⋯⋯."

혈마가 그들의 입장을 다시 한 번 정리해 주자 자신들이 얼마나 불쌍한 상황에 처해 있는지를 실감하게 되는 일행들.

"하아."

그들은 한결같이 한숨을 쉬어 보였다.

휘인만이 처음과 같이 아무런 반응을 보이지 않았다. 즈금은 의미심장한 눈빛을 하고서는⋯⋯.

그때 혈마의 조심스럽고도 속삭이는 듯한 음성이 동굴을 울렸다.

"혹시 암회(暗會)를 아는가?"

암회라는 말에 소여락이 이마를 탁! 하고 친다.

"북해빙궁에 마교로도 모자라서 암회? 이 무림이 종말로 치닫는군."

조금은 악에 받쳐 있는 어투였다.

무엇엔가 질린다는 듯한 그런 어투.

"북해빙궁은 확실하지 않은 것 아닌가?"

북해빙궁이 현재 남하하고 있다는 사실은 입증되지 않았다. 단지 낌새가 있어 무림맹이 확인을 하기 위해 천라지망을 동원한 것 이외의 징조는 단 하나도 없었다.

"확실하다고 볼 수 있지."

휘인이 입을 열자 일행의 시선이 그에게 집중되었다.

"마교는 때를 기다렸고, 때가 도래했다고 여겨 양지로 나왔지. 똑같은 목적을 가지고 커온 북해빙궁도 때를 기다렸겠지. 그리고 아마 지금이 그때가 아닐까? 목적이 똑같다면 과정이 완전히 똑같지는 않아도, 적어도 비슷하지 않겠나?"

"그 이론에는 모순이 있다."

곽소천이 지적했다.

휘인은 옅은 미소를 보였다.

'과연 그럴까?' 라고 쓰여 있었다.

"마교나 북해빙궁은 분명 거대한 세력들이다. 그만큼 신중

하기도 하고, 정확하기도 하지. 그들은 때를 기다릴 줄 아는 이들이다. 마교는 지금이 적절한 시기라고 봤다. 분명 어떤 이유가 있어서겠지? 그것도 작지 않은 이유. 작지 않은 이유가 아니라면 오랫동안 참아온 그들이 적극적으로 뛰어들 이유가 없으니까. 그렇게 작지 않은 이유를 북해빙궁이 놓칠까? 똑같은 목적을 가지고 있는 그들이 말이야."

곽소천은 반박을 하려는지 입을 한 번 뻥끗거렸지만 그뿐이었다.

신빙성은 있었다.

딱히 반박할 거리도 없었다.

휘인은 재차 못을 박았다.

"게다 꽤 둔하다고 할 수 있는 무림맹이 낌새를 살폈다는 건 분명 어떤 움직임이 있어서겠지. 지금껏 단 한 번도 낌새가 없던 북해빙궁이었다. 추측에 불과하지만 분명 그들은 남하 중이다. 어쩌면 이미 이 무림맹에 발을 디뎠을지도 모르고."

휘인의 이론이 점차 완성되자 표정이 가장 심각하게 굳어지는 건 소여락이었다.

그녀의 머리가 복잡하게 돌아가기 시작했다.

'북해빙궁?'

현재 그녀의 지도에는 오로지 마교와 무림맹, 그리고 무림공적 일행만이 그려져 있었다. 앞으로의 행로까지 모두 계산

을 해둔 소여락은 그 지도에 큰 결함이 있다는 사실을 깨달았
다.

북해빙궁이라는 말을 그려놓지 않은 것이다.

이건 판국을 완전히 뒤집는 일이었다.

북해빙궁, 무림맹, 마교, 그리고 무림공적 일행.

무림공적 일행이라는 말은 봉인되어 있었다. 자신과 함께
혈옥이라는 곳에. 그래도 별 걱정이 없었다. 자신이야 이런
꼴이지만, 적어도 마교는 무림을 장악할 것이다. 신승이 있더
라도 말이다.

그런데 북해빙궁이 나타난다면 이야기는 조금 달라진다.

그들의 전력은 알 수 없었지만, 그래도 분명 호락호락한 존
재들은 아니었다. 무림공적, 즉 휘인에게 약 이 할의 손실을
입은 마교와는 달리 북해빙궁은 아무런 적이 없었다. 아니,
그들은 분명 새외무림을 장악하고 남하할 것이다.

그렇다면 원로원을 동원한 마교와도 동등한 전력을 갖췄
다고 할 수 있었다.

'하아, 모두가 부질없는 생각! 어차피 나는 외부와는 아무
런 관련이 없다. 앞으로의 미래가 어떻든 나는 혈옥에 있으니
까.'

물론 마교가 무림맹을 장악하면 혹시나 혈옥을 개방할지
도 모른다는 생각을 해봤다. 무림공적의 일행에 자신이 잠입
한 사실을 그들이 알고 있었고, 또 무림공적 일행이 혈옥에

간혔으니 자신을 구하기 위해서라도 혈옥을 열지도 모른다.

'그렇지만 교주는 나를 경계한다.'

그 경계심에 의해서 혈옥을 영원히 봉인해 둘지도 모른다.

'하아.'

희망이 없다.

소여락은 휘인을 돌아봤다.

"……!"

휘인과 눈이 마주치자 기겁하며 놀라는 소여락이었다.

그리고는 자신이 얼마나 추태를 보였는지를 깨닫고는 고개를 푹 숙이는 그녀였다.

"……."

혼자서 온갖 모습을 보이는 그녀를 보며 휘인은 묵묵히 생각을 정리하고 있었다.

그때 혈마가 손을 들어 주위를 집중시켰다.

"내 이야기를 듣고 싶기는 한 건가?"

일행들은 그제야 혈마가 화제를 꺼내던 중이란 사실을 깨달았다.

임홍이 고개를 끄덕여 주었다.

혈마는 여전히 마지못해 이야기를 한다는 얼굴로 입을 열었다.

"암회. 암회는 암중 세력이라고 할 수 있네."

유난히 혈마의 말에 가장 관심을 가져 주는 임홍이 무엇인가가 이상한지 혈마의 말을 끊는다.

"암중 세력이라는 건 숨어 있는 세력을 말하는 거냐? 그럼 마교나 북해빙궁처럼 너무 멀어서 숨어 있다는 표현을 쓰는 거냐, 아니면 모습을 감추고 있기 때문에 암중 세력이라는 거냐?"

곽소천은 이상한 눈으로 임홍의 얼굴을 뜯어봤다. 그의 이마에 손을 짚어 열을 측정한 곽소천은 이해가 안 된다는 얼굴로 고개를 갸웃거렸다.

곽소천이 빤히 쳐다보자 임홍이 멋쩍은지 홍조를 살짝 띠며 수줍게 묻는다.

"무, 뭐냐?"

"어디 아픈가? 아니, 아프지 않은가? 평소에 안 쓰는 머리를 그렇게까지 굴리면 몸에 안 좋다. 머리 쓰는 건 다른 이들에게 맡겨두도록. 그게 건강에 좋다."

"……."

혈마는 티격태격대는 둘을 무시하며 임홍의 질문에 답했다.

"모습을 감추고 있기 때문이라고도 할 수 있지만, 암회는 각 중요 세력에 잠입해 있네. 연합 세력은 물론 대문파에도 많은 암회의 일원들이 자리하고 있네."

"……."

분명 무엇인가가 진지하고도 엄청난 사실을 말하고 있는

게 분명했지만…….

"풋."

임홍이 웃음을 참지 못하고 결국에는 터뜨렸다.

"푸하하하하! 웃기지 마. 암회? 그런 게 어디 있어. 푸하하
하하!"

임홍은 배꼽을 잡고 미친 듯이 웃었다.

한참을 웃다가 충분히 진정이 됐는지 마음을 가다듬고는
입을 열었다.

"과대망상증이 있는 거 아니야? 모든 대문파에 일원을 잠
복시켜 두고 있다고? 그게 가능해? 어린아이들만을 받아서
키우는 대문파들인데 일원을 심어놓는다고?"

임홍의 말에는 일리가 있었다. 어려서부터 문파에서 자라
며 무공을 수련하기에 대문파에 대한 문도들의 충성심은 여
간해선 깨지지 않는다. 절대적인 신뢰를 지니고 있다는 말이
다. 그렇기에 대문파들이 대문파인 것이고, 수백여 년의 전통
을 이어올 수 있었던 것이다.

혈마가 하는 말은 하나같이 믿기 힘들었다.

혈마는 묵묵히 임홍의 말에 수긍하듯 고개를 끄덕였다.

"……."

임홍이 잠시 멍하니 혈마를 바라봤다.

"지금 수긍하면 어쩌자는 건데? 영감은 내 말이 틀리다는
걸 증명해야 하는 거 아냐?"

"아, 그렇게 되는군."

"……."

임홍은 풀썩 주저앉았다. 일어설 만큼의 기력도 남아 있지 않았다. 혈마는 김을 빼놓는 독특한 화술을 지니고 있었다.

"암회의 전통은 그 어떤 세력보다도 오래되었네. 마교보다도, 그 북해빙궁보다도. 물론 무림맹은 말할 것도 없지. 흐음, 설명을 더 쉽게 하기 위해 이렇게 정리해 주겠네. 자신들이 이 세상에서 가장 뛰어나다고 믿는 몇몇의 사람들이 만났네. 그럼 어떤 일이 생길 것 같나?"

"자웅을 겨루겠지. 누가 가장 뛰어난가."

"당연히 그들은 서로의 재능을 겨뤘네. 하지만 그들의 재능은 모두가 똑같지 않았네. 재능을 지닌 분야가 다르다고 할 수 있었지. 그렇게 되면 겨룰 수 있는 게 아니잖은가. 머리로 가장 뛰어난 자가 있으면, 힘으로 가장 뛰어난 자도 있네. 조금 더 자세히 분류하자면 머리를 쓰는 자들 중에서도 기관진식에 능통한 이가 따로 있고, 진법에 능통한 이가 따로 있네. 힘을 쓰는 자들 중에는 심법이 뛰어난 자가 있고, 병기술이 뛰어난 자가 따로 있네. 억지로 겨룬다고 하면 겨룰 수는 있지만, 별 의미가 없다고 볼 수 있지. 그런 그들이 무엇을 하겠나?"

겨뤄봤자 의미가 없다.

"그러고는 헤어지냐?"

만났으니까 헤어지는 게 당연하다는 임홍의 이분법적인 논리에 곽소천이 혀를 찬다.

단순무식도 저 정도면 죄다.

혈마는 마치 단서를 던져 주듯 말했다.

"이 세상에서 가장 잘났다고 믿는 이들이었네. 모두가 하찮게 여겨졌겠지. 그런 이들의 공통점이 하나 있네. 그들은 한결같이 하나의 꿈을 가지고 있네. 그들은 그런 특성을 살려 한 가지 형태의 부류로 이 사회에 남는다네. 어떤 부류인 줄 알겠나?"

임홍이야 아무리 생각해도 뾰족한 답이 나오지 않았고, 곽소천은 애초에 혈마의 이야기를 별로 중요하게 듣고 있지 않았다.

휘인은 여전히 구석에 앉아 곰곰이 생각을 정리하는 중이었다.

소여락만이 이마를 탁! 치며 말했다.

"지배자."

"맞았네."

지배자들의 공통적이 성향은 야망이다. 그 야망은 욕심에서 키워지고, 그 욕심이 클수록 야망도 커진다. 보통 욕심이 큰 자들은 자신의 주제를 너무 모르거나 너무도 잘 아는 이들이다.

자신들이 가장 뛰어나다고 믿는 이들이 바로 그런 이들이었다.

"그들은 그 자리에서 회를 하나 만들었네. 최고들을 위한 모임. 그 회의 목적이 무엇인지 알고 있나?"

소여락이 질린다는 듯이 답했다.

"천하제패? 천하군림? 그런 쪽의 목적일 게 뻔해."

혈마는 피식 웃었다.

비웃음이었다.

"아니네. 천하제패, 천하군림도 그들의 양에 차지 않았네. 세상을 지배하는 것보다도 더 대단한 게 무엇인지 알고 있나?"

"……?"

가장 큰 욕망은 세상을 지배하는 것이다. 그러니까 마교가 일어선 것이고, 북해빙궁이 내려오고 있는 게 아닌가. 모두가 가장 큰 욕심을 채우기 위해서 세상을 탐하고 있었다. 그런데 그것보다도 더 큰 게 있다니…….

쉽사리 이해가 가지 않는다.

"바로 역사를 농락하는 것이라네."

"……?"

역시 이해가 가지 않는다.

역사란 인류의 일기다.

인류의 일기는 인간이 쓰기 때문에 쉽게 조정할 수 있다는 게 일행들의 생각이었다. 만약 자신이 세상을 제패했다면 그건 역사에 남을 것이다.

그리고 세상을 다스리면서 새로운 역사를 쓸 것이다.

인류가 기준이기 때문에 역사도 인류에 의해 변할 수 있는 것이었다.

"이해가 가지 않지?"

혈마는 일행을 둘러보며 옅은 미소를 띠어 보였다. 마치 '어린것들' 이라고 놀리는 듯 보였다.

"인간은 역사를 조작할 수 없네. 역사는 마치 자연과도 같네. 인간의 손가락 사이로 빠져나가는 게 바로 역사! 이해하겠나?"

"……."

역시나 난해한 말이었다.

혈마는 다시 한 번 일행들을 둘러보았다.

"예를 들어보겠네. 유비는 세상을 얻고자 노력한 인물이네. 역사를 멋대로 쓸 수 있는 자리를 위해 평생을 바친 인물이란 말이네. 그는 최고의 무장들과 두뇌까지 가지고 있었지만, 불운에 불운이 겹쳐 결국에는 유명을 달리하게 되지 않았나. 운만 따라줬다면, 하늘이 유비의 손을 들어줬다면 그는 벌써 역사를 멋대로 쓸 수 있는 황제의 자리에 올랐겠지."

혈마의 말은 꽤나 여러 의문점을 낳았다.

소여락이 그것들을 지적하기 시작했다.

"그렇다면 암회는 황제가 되기 위한 모임인가? 그리고 역사를 쓸 수 있는 건 오로지 황제라는 말인가?"

황제가 역사에 막대한 영향력을 끼치는 건 분명했다. 하지만 역사를 농락한다고 하기에는 조금 부족한 감이 없잖아 있었다.

무엇보다도…

"당시에는 황실의 힘이 강했지. 무림이라는 세계가 제대로 자리 잡지 못한 시대였으니까. 하지만 암회가 구축되었을 때는 그때와는 조금 달랐네. 오히려 무림이 황권에 도전할 수 있는 시대였지. 게다 그들은 지금의 무림의 잠재력을 살폈네. 오늘날처럼 고도의 훈련을 마친 무림인들이라면 하루아침에 황실을 쑥대밭으로 만들 수도 있을 것이라고 예측했다는 말이네. 이제 알겠나? 암회의 목적은 무림의 역사를 농락하는 것. 그들은 하늘을 등지고도 역사를 농락할 수 있다고 믿는다네."

곰곰이 듣던 소여락은 혈마의 말을 정리했다.

"그러니까 암회는 전통이 오래되었고, 그때부터 싹이 좋은 문파에 일원들을 심었다는 말인가?"

"……."

혈마는 대답하지 않았다.

그녀가 맞았을 수도 있고, 틀렸을 수도 있지만 혈마는 아무런 말도 하지 않았다.

"말하지 않을 생각이군."

오랫동안 침묵을 지키던 휘인이 입을 열었다.

"비밀이 비밀로 지켜지기는 하겠지만 그래도 말할 수 없을 정도로 대단한 비밀을 가지고 있다, 이건가?"

소여락이 말했다.

혈마는 역시 아무런 말도 하지 않고 혈괴를 내려다보며 그의 머리를 쓰다듬었다.

어색한 정적이 흐른다.

하지만 그 정적은 오래가지 않았다.

다시 혈마가 입을 열은 것이다.

"말을 한다 해도 믿지 않을 것이고, 믿는다 해도 별 소용이 없다. 자신이 믿어도 남은 믿지 않을 테니까. 암회에 대해서는 이 정도만 말해두겠네."

더 이상은 말하지 않을 생각인 게 분명했다.

임홍은 아무리 생각해도 모르겠다는 얼굴로 혈마에게 물었다.

"그런데 그 암회라는 곳과 혈괴는 도대체 무슨 상관이 있는 거지? 영감이 암회의 인물인 것처럼 혈괴도 암회의 일원이라는 건가? 그들은 대문파의 일원이기도 하면서 암회의 일원인데, 이런 괴물을 키우는 대문파도 있나?"

"우리 암회의 전체가 대문파에 속해 있다고 생각했나? 암회 역시 질서가 필요한 곳이기에 관리부와 비슷한 세력이 따로 있네. 관리부라고 하기보다는 상부라고 할 수 있겠네."

말을 마친 혈마는 문득 이상한 위화감을 느껴야만 했다.

분명히 자신은 옳은 말을 했다. 적당한 대답이기도 했다. 암회에 그런 상부가 있다고 해도 어차피 이들이 그 위치나 임원들에 대해 알 것도 아니고, 별로 상관할 분위기도 아니었다.

그런데 이상한 점이 있었다.

임홍의 복잡 미묘한 표정이 그것을 알려주었다.

무엇인가 비웃는 듯한 표정.

자신을 심각하게 놀리고 있었다.

그러다 문득 떠올랐다.

"……!"

놀라는 혈마의 표정이 꽤나 마음에 들었는지 임홍이 흡족한 미소를 보인다.

"놀라운 곰탱이로군."

곽소천 역시 놀랐다.

소여락이 한심하다는 듯이 내뱉었다.

"한심하다. 역사는 무슨 역사. 곰한테도 농락당하는 주제에 역사를 논해? 암회를 지금까지 못 들어본 이유가 잘 숨어 있어서인 줄 알았는데, 한심해서 자멸한 거 아냐?"

"……."

혈마는 그 어떤 독설도 그냥 받아넘길 수밖에 없었다.

정말 농락당했다.

혈마는 지금껏 제삼자의 입장에서 암회를 묘사하고 있었다.

꼭 자신과는 상관이 없는 양.

일단 암회의 존재에 대해 아는 것 자체가 수상하기는 하지만, 자신은 칠십여 년 전의 인물이었다. 이 새파란 것들과는 살던 시대가 달랐단 말이다. 대충 둘러대면 되는 일이었다.

그런데 그 계획은 수포로 돌아갔다.

물론 자신이 암회의 일원이라는 사실이 드러나도 큰 문제는 없었다.

자신과 이들이 이곳에 영원히 죽을 때까지 있을 거라는 사실이 바뀌지 않는 한, 아무런 일도 일어나지 않을 것이다.

하지만 정작 문제가 되는 건 자신이 임홍에게 농락을 당했다는 것.

이건 큰일이다.

칠십여 년간 혈옥에 갇혀 있다 보니 정신까지 이상해진 모양이었다.

그때 임홍이 다시 물었다.

"그러니까 이 괴물 녀석이 암회의 그 상부 조직의 일원이라는 건가? 애초에 이렇게 생겨먹은 녀석이야? 약물 실험 같은 걸 한 게 아니고?"

확실히 혈괴는 정상인이라고 하기에는 너무도 비정상적인

면이 많았다.

터질 듯한 근육은 물론 그의 거대한 신장과 재생력은 믿을 수 없을 정도로 놀라웠다.

혈마는 쉽게 대답하려 하지 않았다.

'이분의 정체는 나만 알아야겠지.'

"독특한 신공의 결과다. 절대의 신공이라고 할 수 있지."

소여락이 믿을 수 없다는 얼굴로 말했다.

"그런 신공이 있으면 이미 알려졌겠지. 듣도 보도 못한 신공이다."

"절대로 익혀서는 안 되는 그런 마공이지. 뛰어난 육체 능력을 선사하지만 이성을 잃지. 의사 역시 제대로 표출하지 못한다."

'어느 면에서 보면…….'

혈마는 한숨을 쉬었다.

자신의 꼴이 새삼 한심했다.

자신에게도 파란만장한 시대가 있었다.

자신이 이 세상에서 가장 잘난 인물인 줄로만 알았다.

암회까지 구축되어 있었고, 자신은 최고의 조직의 일부를 맡고 있었다.

'이분과 함께 축출되기 전까지만 해도…….'

갑자기 암회에서 자신을 쫓아내었다.

이 혈옥으로…….

쾅!

혈마가 갑자기 바닥을 내리찍었다.

쩍쩍 갈라지는 단단한 혈옥의 바닥은 상처난 혈마의 가슴과도 비슷했다.

제2장

독고세가(獨孤世家)

　정원의 수풀은 새벽녘의 차가운 바람으로 하얀 서리가 껴 있었다. 가을이 채 가지 않았지만 벌써부터 추위가 밀려오기 시작했다. 독고세가의 장원을 지키는 문지기들은 내공을 끌어올려 추위를 이겨내려 노력하고 있었지만, 손을 비비며 입김을 부는 것을 보면 내공이 절실히 부족하든지 날씨가 너무도 추운 것이리라.

　"꽃이 다 죽겠네."

　어딘가 무미건조한 목소리가 황량한 정원을 울린다.

　생기있는 눈망울, 부드러운 눈매, 연분홍빛 입술.

　그녀는 독고령이었다.

유난히 창백한 안색이 마치 병자를 연상케 했지만, 그녀는 건강했다. 그녀의 육체는 건강했다. 그녀의 병은 다른 데에 있었다.

의원도 고칠 수 없는 마음의 병이었다.

아직 해가 뜨지 않은 새벽녘이었지만 그녀는 일어나 있었다. 아니, 일어나 있는 게 아니라 애초에 잠을 설쳐 밤새 정원을 멍하니 보고 있었다.

"뇌 오라버니는 어떻게 지낼까?"

가끔은 하늘에 대고 이야기도 한다.

그렇다.

독고령은 아직도, 아직도 뇌운비을 잊지 못했다. 아니, 하루도 잊은 적이 없었다.

몸이 멀어지면 마음도 멀어진다는 말이 있는데, 독고령은 그런 말을 들으면 비웃었다.

아득해질수록, 아련할수록 더욱 강렬한 자극으로 찾아온다.

잊을 수가 없다.

계속 생각이 난다.

"그러고 보니 이제는 어디 계신지도 모르겠네."

뇌운비에 대한 소식이 끊겼다.

그녀는 지금껏 아는 개방도에게 돈을 주며 뇌운비에 대한 소식을 모아오고 있었다.

가장 최근에 얻은 정보는 바로 무림공적이 혈옥에 갇혔다
는 소식이었다.

참으로 놀라운 사실이었다.

'휘인이 혈옥에 갇힐 줄이야 꿈엔들 알았겠어?'

휘인에게는 독특한 분위기가 있다.

신봉하게끔 만드는 독특한 분위기.

분명 그가 원하여서 그렇게 되는 게 아닌 데도 그를 보는
사람으로 하여금 그런 느낌을 받게 한다.

절대적인 신뢰.

그가 혈옥에 갇혔다는 사실이 믿기지 않는다.

"그런데 도대체 뇌 오라버니는 어디로 증발했지?"

그녀를 미궁으로 빠지게 한 화두였다.

아무런 정보가 없다.

아니, 애초에 무림공적 일행이 호남에서 무림맹까지 올라
온 경로와 시간대에 대한 정보도 없었다. 마치 무림맹으로 순
간 이동을 한 것처럼.

"개방 녀석들, 아무런 도움도 안 돼!"

천하의 개방이라는 곳이 어떻게 그렇게 중요한 정보를 놓
쳤는지 그녀는 이해가 가지 않았다. 마치 누군가가 지워 버린
것처럼 깔끔하게.

혹은 어떤 거대한 세력에 의해 애초에 수집조차 못 되었는
지도…….

"아, 진짜 내가 따라갔어야 하는 건데!"

그녀의 아련한 한탄이 허공중에 흩어졌다.

"벌써 천 번째다, 천 번째."

갑자기 들려오는 소리에 그녀가 뒤돌아봤다.

무여휘였다.

독고세가의 영원한 무사.

"천 번째는 무슨! 과장법도 그 정도면 정신병이야, 정신병! 알아?"

애써 밝은 목소리로 말하지만 무여휘는 그녀의 목소리에 힘이 없다는 사실을 그 누구보다도 잘 알았다. 그렇기에 가슴이 아팠다.

"휴우, 무공 수련도 쉬고 이렇게 한탄만 하면 너만 아플 뿐이야. 뇌운비는 지금쯤 예쁜 소저들을 팔에 끼고 신나라 하고 있을 텐데, 네 꼴을 봐라."

독고령이 쌍심지를 켰다.

"이익! 그런 말이 어디 있어! 그리고 네가 뇌 오라버니가 어떤 상황인 줄 어떻게 알아!"

어느새 그녀의 목소리에 생기가 살아났다.

뇌운비의 이야기를 계속하다 보면 결국에는 그녀의 기분이 나아진다.

안타깝게도 그게 현실이다.

무여휘는 쓴웃음을 지었다.

"뇌운비가 공식적으로 마교의 부교주로 임명되었다던데? 마교의 부교주면 모든 마도의 여자들이 같이 놀아줄걸? 흐음, 상상이 가는군. 쾌락의 나날을 보내는 뇌운비의 낯짝이. 흐흐흐."

퍽!

"으윽."

음흉한 웃음을 흘리는 무여휘의 복부에 일권을 찌르는 보복을 한 독고령은 미소를 짓고는 있었지만, 머리는 복잡하게 돌아가기 시작했다.

'마교?'

무림공적 일행이 신승에게 잡히는 과정과 뇌운비가 일행을 벗어나 마교에 합류하는 과정이 어떻게 생각해 봐도 합쳐지지가 않았다.

한 일행에게 벌어진 사건들임에는 확실한데, 과정이 하나같이 불투명했다.

'그런데 갑자기 왜 마교가 나오지?'

북해빙궁과 무림맹이 떠오른 판국에 마교까지 끼어들었다.

어째서 잠잠하던 마교가 끼어드는지 도저히 이해가 가지 않는 독고령이었다.

무여휘는 그런 독고령을 보며 피식 웃었다.

"무림맹이 마교에게 점령당했어."

"아아, 그렇구나. 마교도 무림을 넘보고 북상을 하던 중에 호남에서 무림공적 일행을 만나고, 그 와중에 어떤 이유에선가 뇌 오라버니가 마교에 합류하게 되었구나. 확실히 어떤 이유인지는 모르겠지만 대충 말은 되네? 괜히 머리 아프게 생각하고 있었네."

"……."

무여휘는 넋을 놓고 독고령을 쳐다봤다.

독고령은 그런 무여휘의 시선을 받으며 고개를 갸웃거렸다.

"내 추리가 대단해서 그렇게 뚫어져라 쳐다보는 거야?"

"……."

무여휘는 완전히 뒤로 넘어갈 듯한 모습이었다.

서로를 멀뚱히 바라보며 시간을 보내는 중, 결국 가슴이 답답해 터질 것만 같은 무여휘가 먼저 입을 열었다.

"마교가 무림맹을 점령했어."

"응."

독고령이 안다는 듯이 고개를 끄덕였다.

"……."

그러고는 아무런 반응이 없자 무여휘의 이마에 핏줄이 돋았다.

이렇게 둔한 여자가 아닌데…….

"그러니까 말이야, 뇌운비가 마교에 합류한 과정보다는 마교가 무림맹을 점령했다는 사실이 더 중요하지 않을까? 철옹성이었던 무림맹이 무너졌단 말이야!"

"······!"

무여휘가 소리를 지른 것에 대한 놀람도 있었지만, 그가 지적한 부분에 대한 놀람이 더 컸다.

'마교가!'

드디어 독고령이 정상적인 반응을 보였다.

무림맹이 마교에 넘어갔다는 소식을 접한 무림인의 정상적인 반응이란, 일단 동공이 팽창되고 입이 그 어떤 때보다 크게 벌려지며, 온몸을 부들부들 떨면서 콧구멍이 벌렁벌렁거리더니 결국엔 경악한다.

"말도 안 돼!"

넋 나간 사람의 모습으로 독고령이 외쳤다.

'말도 안 돼, 말도 안 돼, 말도 안 돼.'

너무도 말이 안 된다.

너무 믿을 수가 없어 독고령이 씨익 웃으며 무여휘를 가만히 주시했다.

그리고는 하는 말이,

"농담이지? 내가 너무 기운없어 하니까 내 정신을 다른 곳에다 두게 하려고 나한테 거짓말하는 거지?"

무여휘의 표정은 변하지 않았다.

그제야 독고령은 무여휘가 진지하다는 사실을 알게 되었다.

"그렇게 중요한 사실을 왜 이렇게 늦게 알려줘! 바로 달려와서 다급한 목소리로 알려주지는 못할망정 평소처럼 느긋하게 걸어와서 농담도 몇 마디 하다가 그런 말을 하는 사람이 도대체 어디 있어."

무여휘는 짙은 미소를 띠어 보였다.

"여기 있지, 또 어디 있겠어."

"휴우, 내가 정말 미친다, 미쳐."

아무렇지도 않게 말하는 무여휘의 느긋한 모습에 독고령은 고개를 절레절레 흔들었다.

무여휘는 걱정하지 말라는 듯한 투로 말했다.

"그렇게 심각한 상황은 아니야. 무림맹은 어차피 빈집이었어. 신승님도 안 계시고, 천라지망을 구축하느라 정예 세력들도 다 빠져 있는 빈집이었다고. 신승님께서 천라지망을 새로이 편성하여 토벌대를 만들고 계신다고 하더라."

그의 말을 듣고 보니 정말 별로 심각한 일은 아닌 듯싶었다.

퍽!

"으윽, 그만 좀 쳐. 내장이 파열되겠다."

무여휘는 과장되게 허리를 꺾었다.

독고령은 웃기지도 말라는 듯이 말했다.

"그 말을 먼저 했어야지! 난 또 정마대전이라도 일어나는 줄 알았지. 아니, 사파도 끼어야 하니까 정사마대전이라고 해야 하나? 에이, 몰라. 어쨌든 신승님께서 직접 나서시니까 별일없겠지?"

신승에 대한 무림인들의 믿음은 절대적이었다. 오십여 년간 쌓여온 명성이었다. 하루아침에 무너지는 그런 게 아니란 말이다.

무여휘는 고개를 끄덕였다.

할 말을 마친 둘 사이에는 고요한 적막감이 흘렀다.

한참이 지나고 나서야 무여휘가 입을 열었다.

"나도 이번에 그 토벌대에 들어가기로 했어."

"……?"

"징벌을 하고 계시더라고. 북해빙궁의 일도 잘 안 끝난 모양이야. 꽤나 대대적인 징벌을 하고 계셔. 전문도 직접 보내셨어. 한번 읽어볼래?"

무여휘는 독고세가에 내려온 하나의 전문을 독고령에게 건넸다.

힘있는 필체로 흘겨 쓴 전문의 내용은 그리 길지 않았다.

지금은 무림맹의 출맹 이후 처음으로 맞는 최대의 위기이오. 그대들이 노부와 같이 무림의 안녕을 위한다면 힘을 보태주시오. 연락을 하면 개방의 인물이 갈 것이니, 한마음, 한뜻으로 이 어려운 시기를 이겨내었으면 좋겠소.

마지막에는 신승임을 드러내는 문양이 찍혀 있었다.

신승의 전문은 분명 부탁하는 필체였다. 그렇지만 그 전문을 쓴 이가 신승이기에 부탁 이상의 효력을 지니게 되어 있다. 신승의 부탁은 곧 무림맹의 부탁이고, 무림맹의 부탁은 곧 명령이다. 무림맹의 부탁을 거절하면 직접적인 해는 없겠지만, 간접적으로 오는 손실은 상당히 크다.

꼭 그렇게 실리적으로 따지지 않아도 무여휘는 진정 무림의 안녕에 관심을 가졌기에 토벌대에 지원했다.

독고령은 그 사실을 잘 알았다.

그때 독고령은 무여휘가 이 모든 사실을 자신에게 일러주는 이유를 깨달았다.

"나도 같이 가자는 거지?"

무여휘는 어깨만을 으쓱였다.

참으로 능청스러운 녀석이다.

"그래, 좋아. 이참에 이 무림이 어떤 위기에 처해 있는지 직접 볼 수 있겠다. 가만히 앉아서 정보만 듣는 것보다는 직접 보는 게 훨씬 낫겠지?"

"백문이불여일견."

독고령이 피식 웃는다.

"혹시나 생명이 위험하면 너를 방패막이 삼아 도망쳐야겠다."

이번에는 무여휘가 피식 웃는다.

그때 독고령이 무엇인가 걱정스럽다는 얼굴로 중얼거렸다.

"그나저나 아버지가 보내주시려나? 안 그래도 무림공적 일행과 어울려 다녔다고 외출 금지령을 내리셨는데……."

그렇다.

그녀가 지금껏 뇌운비에게 달려가지 못하고 이렇게 독고세가에 틀어박혀 있는 이유는 오로지 하나였다. 그녀의 아버지가 무사들에게 일러 자신을 감시하게 한 것이다. 무림공적 일행과 한때는 같이 행동했으니 그 정도면 약과라고 할 수 있었다.

"우리 독고령, 상당히 약았는데? 어차피 가주님이 허락하실 거라는 걸 알잖아. 무림인으로서 무림에 대한 의무가 있다고 생각하시는 가주님이라는 사실을 그 누구보다도 잘 아는 게 너잖아."

"이크, 들켰나?"

독고령은 처음으로 진심에서 우러나오는 기쁨에 의해 웃었다.

그런 독고령의 미소를 보는 무여휘의 표정은 복잡하고도 미묘했다.

무여휘는 애써 복잡한 표정을 버리고는 장난스럽게 물었다.

"솔직히 말해봐. 넌 그 사실을 핑계로 대고 뇌운비를 찾으러 다닐 거지? 그렇지 않고서는 네가 이렇게나 행복해할 수는 없어."

"이크, 또 들켰나?"

독고령은 푼수처럼 '헤헤' 웃으면서 머리를 긁적여 보였다.

"너도 어차피 내가 그럴 거라는 사실을 알면서도 이 정보를 나에게 준 거잖아. 아니, 애초에 내가 뇌 오라버니를 찾을 길을 네가 제공해 줄 생각으로 알려준 거겠지. 역시 우리 무무사님밖에 없다."

"……."

무여휘는 쓴웃음만을 지어 보였다.

독고령이 슬퍼하는 모습을 지켜볼 수 없었던 게 무여휘의 입장이었다. 어떻게 행동하면 그녀가 덜 슬퍼할지 아는 그에게 선택권은 존재하지 않았다.

이렇게 가슴이 쓰려도, 그녀는 행복하지 않은가.

그게 그의 목적이었다.

"그래, 널 걱정하는 사람은 나밖에 없지?"

무여휘는 애써 웃었다.

"그럼!"

독고령의 힘찬 대답은 계속해서 무여휘의 가슴을 후벼 팠지만 그의 표정은 변하지 않았다.

"그럼 당장 가자. 조금만 기다려 봐. 당장에 짐 챙겨 올 테니까. 으흐흐흐."

　초롱초롱한 눈빛을 빛내며 독고령이 방으로 달려 들어갔다. 몇 개월간 힘없고 안색이 창백한 독고령은 어디론가 증발해 버리고 희망에 찬 어여쁜 소저가 자리하고 있었다.

　귀신이 곡할 노릇이었다.

　'그래, 적어도 그녀가 행복해하니까.'

　무여휘는 입술을 잘근 씹었다.

제3장

경계태세(警戒態勢)

　무림은 청천벽력과도 같은 소식으로 인해 두려움에 물들어 가고 있었다. 지금껏 조용하던 마교가 엉덩이를 털고 일어섰다. 일어서기만 했으면 몰라도, 그들은 이미 무림의 천좌를 차지하고 앉았다.

　그렇다!

　무림맹이 그들에게 넘어갔다.

　난공불락의 철옹성, 무림맹이 말이다.

　마교뿐만이 아니었다.

　신승은 추가적으로 북해빙궁 역시 이 무림의 안에 발을 디뎠다고 공표했다. 일부는 정확한 근거에 의한 정보가 아니라고는 했지만, 신승은 그 반발을 묵인했다.

신승은 천라지망의 재정비와 새로운 성명을 발표했다.

징벌의 발표가 내려진 직후 정파인들은 분노에 찬 가슴을 억누르고 신승에게로 모이기 시작했다. 신승은 현재 마교의 소굴이 된 무림맹 근처에서 임시 무림맹을 형성하여 거처를 잡고 있었다.

물론 그렇다고 모든 정파의 무림인들이 징벌에 참여한 것은 아니었다.

"어떻게 명문정파라 할 수 있는 구파일방이 힘을 보태지 않을 수 있는 거죠?"

기록을 담당하는 문사가 신승에게 물었다.

신승은 마치 어린 손자에게 이야기를 해주는 인자한 모습을 띠며 말했다.

"일단 어느 정도 힘을 얻게 되면, 앞날을 개척하기보다는 현재 소유하고 있는 모든 것들을 지키기에 바쁘다네. 대문파들은 현재 배가 부른 부자들이야. 부자들은 바로 투자를 하지 않네. 철저하게 실이 없는지 확인하고 투자를 한단 말이네. 마교가 과연 얼마나 큰 힘을 가지고 있는지, 그리고 북해빙궁이 실재하는지와 같은 정확한 사실들이 밝혀지지 않은 지금 괜히 자신들의 돈을 꺼내놓았다가는 크게 실을 보는 수가 있네. 보수적인 그들이 실을 보는 걸 좋아하겠나?"

"참 차가운 사회이군요. 제가 듣기로는 의와 협의 무림이

라고 하더니, 결국 사람이 사는 사회는 무림이나 저희 쪽이나
다를 바가 없군요."

문사로서의 사회를 말하는 것이었다.

신승은 쓴웃음을 지었다.

"무엇을 하느냐에 따라 사람이 변하지는 않네. 사람이 사
람으로 남는 한은 말이네."

가볍게 말하기는 했지만 담겨 있는 말에는 한이 맺혀 있었
다.

문사의 말대로 구파일방은 실질적인 힘을 보태지 않고 있
었다. 천라지망을 구축하고 있던 문도들마저 데려가려는 걸
신승이 막은 참이었다.

어떻게 하면 실을 최소로 하고 득을 최대로 할까.

구파일방은 서로의 눈치를 보며 오로지 그 점만을 염두에
두고 있었다.

무림도 경쟁의 사회다.

한 번 뒤처지면 영원히 뒤처진다.

어떻게든 경쟁 상대들보다는 적게 실을 봐야 하고, 조금이
라도 더 득을 봐야 한다.

문제는 적들이 아니었다.

문제는 경쟁자들이었다.

신승은 이마를 짚었다. 물론 머리카락이 없어 이마와 머리
의 구분이 명확하지는 않았지만 대충 이마 부근을 짚었다.

'감이 좋지 않다.'

구파일방이 책임 회피를 하루 이틀 해온 것도 아니었고, 마교의 도발도 꾸준히 있어왔다. 이번에는 지나친 감이 없잖아 있지만, 그래도 감당할 수 있는 선인 듯했다.

'아닌가?'

다른 무엇인가가 또 도사리고 있다는 말인가?

신승은 머리를 절레절레 흔들었다.

복잡한 표정의 신승을 지그시 응시하는 인물이 있었다. 눈매가 부드럽고 새하얀 수염을 길게 기른 신선풍의 노인, 태선이었다.

"모든 일에는 시작과 끝이 있네. 그리고 그 시작과 끝은 기일이 벌어지기도 전에 결과가 정해져 있고. 그러니 포기하게. 머리 아프지도 않나? 벌써 이틀째 궁상맞게 머리만을 굴리고 있지 않은가."

태선이 혀를 끌끌 찼다.

신승이 피식 웃는다.

"그래서 포기하라는 말인가?"

"내가 언제 포기하라고 했나? 그냥 생각하지 말라고 했지. 정보도 없는 상태에서 머리를 굴려봐야 진전이 없을 게 뻔한데 애써 머리를 학대하는 이유가 뭔가?"

"그럼 자네는 내가 어떻게 했으면 좋겠나?"

신승은 팔짱까지 끼면서 태선의 대답을 기다렸다. 마치

'어떤 말을 하는지 들어나 보자'라는 얼굴이었다.

"그 상황에 맞춰 최선을 다하게. 어차피 최선을 다해서 되는 일이면 뜻대로 이루어질 테고, 이루어지지 않을 일이라면 이루어지지 않겠지. 인간의 영역 밖의 일이다, 이 말이네."

신승은 어깨를 으쓱였다.

"그럼 이 상황에서 어떻게 하겠나. 가만히 머리를 굴려 뾰족한 수가 나오게 만들어야지."

"쯧쯧, 자네도 불쌍하이. 어쩌다 이런 직을 자진해서 맡게 되었어?"

태선은 불쌍하다기보다는 한심하다는 눈길로 신승을 바라보고 있었다.

그때 무림맹의 무사 한 명이 신승과 태선, 그리고 문사 한 명이 자리하고 있는 거처 안으로 헐레벌떡 뛰어 들어왔다.

꽤나 다급한 정보를 가져온 듯한 얼굴이었다.

"북해빙궁의 비밀 가옥을 찾아내었습니다! 수천여 명이나 된다고 합니다. 지금 당장 그 쓰레기 녀석들을 쓸어버려야 합니다."

숨을 거칠게 내쉬는 무사를 보며 태선이 혀를 찼다.

"요즘 젊은이들은 체력이 상당히 부족하구려. 얼마나 뛰어왔다고 땡볕 아래 누워 있는 똥개마냥 헥헥대니."

태선의 말에 온몸이 땀에 젖어 있는 무사가 고개를 푹 숙였다.

신승은 태선을 한 번 쏘아보며 손짓으로 무사를 돌려보내었다.

신승은 무사가 건넨 종이를 뚫어져라 쳐다보고 있었다.

그 순간이 점차 길어지자 답답함을 이기지 못하고 문사가 물었다.

"어떻게든 빨리 조치하셔야죠?"

"……."

신승은 문사의 물음을 못 들은 사람처럼 아무런 대꾸가 없었다. 대신 그는 조용히 그 종이를 접어 서랍 안에 챙겨 넣었다.

"……."

그러자 말문이 없어진 건 문사였다.

문사는 방금 종이가 들어간 서랍을 한 번 쳐다보고는 다시 신승을 쳐다봤다. 왜 그런 행동을 했는지 묻는 것이었다.

"북해빙궁은 지금 숨은 게 아니라네."

신승은 친절하게도 일개 문사의 호기심까지도 신경을 써 주었다.

"……?"

물론 그 정도로는 문사의 호기심의 일 푼만치도 해소되지 않았다.

"북해빙궁은 우리가 그들의 위치를 알든 말든 상관하지 않는다는 말이네. 오히려 그들은 당당하게 양지로 나왔지. 허허허허."

신승의 웃음에 문사가 눈살을 찌푸렸다. 분명 지금의 상황에서 웃음이 나올 리는 없었다. 하지만 이내 문사는 알아차렸다.

기뻐서 웃는 게 아니었다.

허탈해서 웃는 것이었다.

"그들은 더 이상 무림맹을 두려워하지 않는군요."

문사의 어조에는 힘이 없었다.

그렇다.

북해빙궁은 이전처럼 무림맹에게서 숨으려 하지 않았다. 지금껏 새외무림에서 잠자코 지내던 그들임을 떠올려 보건대, 현재의 상황이 얼마나 비참한 것인지 알 수 있었다.

무엇보다도 힘 빠지는 건 신승이 그 부분을 부인하지 않는다는 사실.

어색한 정적이 흘렀다.

왠지 자신 때문에 그런 정적이 흘렀다는 자책감에 문사가 입을 열었다.

"이제 어떻게 하실 생각이세요?"

신입 문사다운 발랄한 질문이었다.

질문을 받은 신승은 잠시 생각했다.

아무리 생각을 해도 이 일은 자신의 손 밖으로 벗어나기 시작했다.

마교와 북해빙궁이 동시에 나타났다는 사실 자체만으로도 이미 그 사실은 판명되었다.

'태선의 말대로 이 모든 게 운명이고, 인간 영역 밖의 일이라면……'

신승은 눈을 지그시 감았다.

정말 인정하기는 싫었다.

"지켜봐야겠지. 그리고 무림맹이 제힘을 모두 회복할 때까지는 기다려야겠지."

자신의 생각대로 움직이기에는 분명 일이 너무 커졌다. 일인이 무림맹을 좌지우지할 수 있을 정도로 작은 판이 아니었다.

그 사실은 새벽의 공기에서도 느껴진다.

태선은 묘한 눈빛으로 신승을 내려봤다.

신승은 기다리기로 했다.

그만의 방식으로…….

적절한 시기가 올 때까지.

사람은 저마다 특유의 존재감을 가지고 있다. 그 존재감이 크든 작든 특별한 색을 띠게 되어 있다.

청운의 앞에 앉아 눈을 지그시 감고 있는 이 인물도 마찬가지였다. 창백하다 못해 마치 병자라 착각이 들게 할 정도로

흰 피부에 볼이 움푹 파여 끼니는 제대로 챙겨 먹는지 의심이
드는 인물이었다. 하지만 이상하게도 그가 내뿜는 존재감은
숨을 막히게 하였다.

공간 내의 산소량이 부족한 게 아니건만 숨이 턱하니 막히
고 움직임이 조심스러워진다.

'눈을 감고 있어도 이 정도의 존재감을!'

눈은 그 사람의 기운이 가장 강하게 응축되어 있는 부분이
었다. 일반인의 것이라 해도 강렬한 시선은 어디에서든 느껴
지기 마련이다. 일반인도 그러한데 가만히 앉아 있는 것만 해
도 거대한 존재감을 내뿜는 눈앞의 중년인은 어떻겠는가.

청운은 침을 삼켰다.

자신의 정체를 단번에 꿰뚫은 화산파의 인물도 이 정도의
존재감을 지니지는 못했다.

하지만 그때 이후로 무공을 한층 진일보한 청운이었다. 청
운은 조용히 심호흡을 하며 마음을 가다듬었다.

"……!"

그때 궁주의 두 눈이 뜨였다.

자신도 모르게 기겁한 청운은 자신의 추태를 깨닫고는 고
개를 푹 숙였다.

날카로운 시선이 온몸을 훑는 느낌에 청운은 차마 고개를
들 수 없었다.

그 시선이 거둬진 것은 음침한 목소리가 청운의 귀를 스쳐

지나갔을 때였다.

"수고했다."

속으로 안도의 한숨을 쉬며 청운이 고개를 들었다. 물론 상대가 칭찬을 하였다 해서 긴장을 놓지는 않았다. 단 한 번의 실수도 용납되지 않는다.

"감사합니다."

분명 소궁주의 목소리를 잘 내고 있음에도 불구하고 혹시나 조금 다르지 않은가 조바심이 나는 청운. 두 손을 공손히 맞잡은 모습을 하며 최대한 손 떨림을 방지하는 그였다.

"연화가 죽었다고?"

딸의 죽음을 말하는 아버지의 목소리라고는 생각할 수 없을 정도로 무미건조한 음성이었다.

"……."

청운은 묵묵히 고개를 숙이고 있었다.

"마교에서 개입했다고 들었다. 이젠 어떻게 할 생각이지?"

'끝?'

청운은 잠시 의아함에 휩싸였다.

아무렇지도 않게 화제를 바꾸는 궁주의 냉담한 면모는 생각지도 못한 부분이었다.

"넘어야 할 산이 하나 늘었을 뿐입니다."

"그렇다. 신경을 조금 더 써야 하는 대상일 뿐, 그 이상도 이하도 아니다. 그렇다면 자네는 이제 무엇을 할 생각이지?"

"일단은 아무런 행동도 취하지 않을 생각입니다."

"흐음?"

"현 무림맹에 집결되어 있는 마교도들의 규모도 파악해야 하며, 신승의 공식적인 입장에 대한 구파일방 및 사벌이궁의 태도 역시 살펴야 할 시기라고 생각됩니다. 섣불리 한쪽을 쳤다가는 다른 한쪽에게만 좋은, 그런 상황이 벌어지리라 사료됩니다."

청운은 궁주를 올려다보지 않았다. 그렇지만 자신과 그 사이의 이질감을 느낄 수 있었다.

불안감이 모락모락 피어오른다.

그 이질감은 오래지 않아 사라졌다.

"성숙했군."

"……?"

"선발대를 이끌면서 많은 경험을 얻은 모양이군. 연화를 잃었지만, 자네가 그녀의 치밀함을 얻었으니 그렇게 걱정하지는 않아도 되겠네."

'걱정을 하기는 했나?'

청운은 그제야 고개를 들어 처음으로 궁주와 눈을 마주쳤다.

"감사합니다."

궁주는 청운을 바라보며 턱을 매만졌다. 사소한 행동일지는 몰라도 도둑이 제 발 저린다고, 청운을 흠칫흠칫 놀라게 만들었다.

잠시 정적이 흘렀다.

청운은 궁주의 지시를 기다렸고, 궁주는 지시를 내리지 않았다.

그 정적은 오래가지 않았다.

"장례식은 언제지?"

"……?"

뜬금없는 화제에 청운이 의문을 표한다.

궁주의 눈빛이 묘하게 빛난다.

"연화 말일세. 죽었으니 조촐하게나마 장례식을 치를 생각이 아니었나?"

"……."

청운의 표정이 복잡해졌다.

그때 청운의 눈이 궁주와 마주쳤다.

청운은 그의 눈에서 좋지 않은 느낌을 받았다.

'나를 의심하는 건가?'

그럴 여지는 없었다. 하지만 궁주란 인물에 대해서 정확하게 모르는 한 여지가 있을지도 모른다.

모르긴 몰라도 궁주는 분명 무엇인가를 의심하고 있었다.

"그녀의 시신을 마교에게 빼앗겼습니다."

고개를 푹 숙이는 청운을 바라보는 궁주의 시선은 예리하기 짝이 없었다.

그렇게 궁주는 한참을 있었다.

이내 그의 굳게 닫힌 입이 열렸다.

"회수할 생각은 해봤나?"

물음을 받은 청운의 눈이 불안하게 움직인다.

'대답을 잘해야 한다.'

자신의 답변에 따라 곤란해질 수도 있고, 조금은 더 여유로워질 수도 있었다. 그러나 곤란해질 가능성이 더 높았다.

"목숨을 걸지 않는 한 제게는 회수할 능력이 없었습니다."

"……."

청운이 생각해 낼 수 있는 가장 적절한 답이었다. 그의 답을 들은 궁주는 묵묵히 턱만을 매만지고 있었다. 궁주가 생각을 정리하는 찰나는 청운에게 영원(永遠)하게만 느껴졌다.

"알겠다."

궁주의 어조는 여전히 무미건조했다.

'어떤 인물인지 조금도 모르겠다.'

상대를 파악할 수 있으면 이런 잠복 임무가 수월해질 수가 있다. 하지만 안타깝게도 이 임무는 더 수월해질 기미가 없었다.

"그쪽의 시체는 어떻게 처리했지?"

단가후의 시체를 말하는 것이었다.

물론 단가후는 실제로 죽지 않았고, 뇌운비와 같이 있던 단가후는 자신이었기에 시체가 있을 리가 없었지만 궁주가 그런 사실을 알 필요는 당연히 없었다.

"…죄송합니다."

갑자기 장내에 싸늘한 기운이 감돌기 시작했다. 미묘한 바람도 느껴진다. 사방이 막힌 방이라 생각하면 참으로 이상한 일이었다.

……그게 살기라는 것을 알기 전까지는 말이다.

"뇌운비라는 놈이 그렇게도 대단한가?"

백리연화까지 죽이고 나서도 백리천, 자신을 압도할 정도의 무위를 지녔냐는 말이다.

"…단가후보다 무서운 놈이었습니다. 모두 저의 불찰입니다."

청운은 궁주를 상대하며 실제로 식은땀을 흘리고 있었다. 점점 살기가 강해지고 있었고, 궁주의 질문은 점점 감당하기 힘들어지고 있다.

궁주는 침묵을 지켰다.

심경이 복잡한 모습이었다.

지금까지의 모습을 떠올려 보면 심기가 적잖게 불편한 모양이었다.

"뇌운비라……."

짙은 살기가 묻어 나왔다.

"마교를 처단해야 할 이유가 하나 더 늘었군."

궁주의 눈에서 섬뜩한 안광이 번뜩였다.

그는 자리에서 벌떡 일어서며 청운에게 지시를 내렸다.

"암살조를 편성하겠다. 백리천, 네가 직접 조를 편성해서 무림맹으로 잠입해라. 수행 과정에서 입수할 수 있는 정보는 모두 모아라. 그리고 무엇보다도…….."

청운이 침을 꿀꺽 삼킨다.

그때 궁주에게서 온몸을 감싸는 살기가 터져 나왔다.

"뇌운비를 꼭 죽여라."

그 말을 끝으로 궁주는 다시 차분한 모습을 되찾았다. 딸을 잃은 고통은 그 어떤 부모에게서도 똑같은 감정을 일으키는 모양이었다.

청운은 심호흡을 한번하며 입을 열었다.

"외람된 말이지만 현재는 뇌운비를 죽이기 위해 움직여야 할 때가 아니라고 생각합니다."

궁주의 눈을 받은 청운은 흠칫하며 몸을 떨었다. 이번만큼은 감당하기 힘들 정도의 살기가 방 안을 감쌌다.

그렇기에 청운은 더욱 침착하게 말했다.

"마교와 북해빙궁만이 무림을 노리는 게 아닙니다. 현재 무림맹 역시 제자리를 찾으려고 힘을 모으는 중입니다. 아직까지는 이빨 빠진 호랑이라고 할 수 있겠지만 구파일방과 사벌이궁이 진정으로 무림맹에게 힘을 모아준다면, 애초에 이 무림에 나오지 않은 것만도 못한, 그런 상황이 올 수도 있습니다. 천하군림의 대의에서 한없이 멀어질 수 있다는 말입니다."

청운의 말을 듣는 궁주의 눈은 어느새 식어 있었다. 딸의 죽음을 되새기면 되새길수록 이성이 차차 사라져 가는 건 사실이었지만, 천하군림은 이성을 단번에 회복시켜 주는 단어였다.

"네 말이 맞다. 잠시 생각이 짧았다."

지도자가 갖춰야 할 몇 가지 덕목이 있었다. 궁주는 그 몇 가지 덕목을 지녔다. 특히나 그 덕목 중 가장 중요한, 남의 말을 수용할 줄 아는 지도자였다.

"방금 내린 명령은 취소한다. 우리는 기다린다. 마교와 무림맹의 동태를 살피며 기회를 기다린다. 그리고 기회가 오는 즉시 서슴없이 자리를 털고 일어난다. 알겠나?"

"알겠습니다."

청운은 고개를 숙이며 이 불편한 자리에서 벗어나기 위해 문 앞으로 다가섰다.

"잠깐."

궁주의 목소리가 마치 저승사자의 부름과도 같이 들린다.

청운은 애써 무표정을 유지하며 궁주를 올려다봤다.

"네게 부족했던 판단력이 월등히 좋아졌다. 소소를 소궁주로 임명할 생각이었지만, 또 한 명의 소궁주 없이도 충분히 이 상황을 이끌어갈 수 있을 거라 믿는다."

소궁주는 상당히 높은, 그리고 대단한 직위였다. 궁주 바로 아래가 소궁주이니 북해빙궁의 이인자라는 말이다. 무엇보다도 소궁주의 직위가 대단한 이유는 '차기 궁주 후보'의 자리이기 때문이었다. 소궁주는 다음 대의 궁주로 적합한 인물들만이 갖는 직이다.

지금까지 북해빙궁은 두 명 이상의 소궁주를 임명해 왔다. 서로 경쟁하며 그들의 가치를 빛내기 위한 자리가 바로 소궁주라는 말이다.

그런데 그런 경쟁자가 없다?

그만큼 궁주가 지금 청운을 신뢰하고 있다는 말이었다.

청운은 처음으로 미소를 띠며 궁주에게 인사를 올리며 물러났다.

'이겼다.'

궁주도 기다리기로 했다.

그만의 방식으로…….

기회가 올 때까지.

무림맹주실에는 무림맹주를 위한 호랑이 가죽의 자리가 있었다. 호피를 덮은 의자는 팔 받침대까지 마련되어 있는 고급 의자였다. 자리의 안락함은 호피라는 사실 자체로도 설명이 된다. 더 이상의 미사여구가 필요하지 않다는 말이다.

그 사실을 지금 누구보다도 실감하고 있는 인물은 다름 아닌 뇌운비였다. 날카로운 눈매가 유일하게 완화되는 순간일 정도로 뇌운비는 그 안락함에 취해 있었다.

등받이에 기대어 눈을 감고 그 순간을 음미하는 그의 모습은 자연과 함께하는 신선의 모습이었다. 수려한 외모와 함께 완벽한 체형의 비율에서 우러나오는 우아함이 그 귀한 자리와 알맞은 유일한 인물임을 증명하는 듯했다.

그때, 누군가가 무림맹주실 문을 거칠게 열고 들어왔다.

마교 교주가 쉬고 있는 방에 아무런 인기척도 없이 무작정 들어올 정도로 간이 부은 무인은 단 한 명도 없었다.

아니, 있었다.

뇌운비는 눈을 감으며 안락함에 취해 있는 그 상태로 상대를 맞이했다.

"태상교주, 웬일이오?"

태상교주의 표정이 일그러졌다.

태상교주의 입장에서 뇌운비는 눈엣가시였다. 태도가 시건방지기 짝이 없다. 예의라고는 조금도 모른다. 물론 그 사실은 그가 익히 알고 있는 부분이었다.

태상교주가 여기까지 뛰어온 건 조금 다른 이유에서였다.

"무림맹의 보고(寶庫)를 교주께서 모두 털어가셨다고 들었소."

그렇다.

뇌운비의 모습은 이전과는 조금 달랐다. 청력을 월등히 높여주는 청명석이 박힌 한 쌍의 귀걸이와 혈액순환, 내공의 원활한 순환, 내공의 증진, 상대의 살기를 무시하는 등 온갖 희귀한 보석이 박힌 여덟 개의 반지를 두 엄지를 빼고는 여덟 개의 손가락에 모두 끼고 있었고, 죄수나 차고 다닐 정도로 뭉툭해 보이지만 강기도 쉽게 튕겨내는 특수 처리된 팔찌가 그의 팔을 장식했다. 여기까지는 보이는 것이고, 보이지 않는 것도 많았다. 굉장히 얇지만 어지간한 보검은 뚫지도 못하는 용린(龍鱗)을 안에 입고 있었고, 그 외에도 향기로 피부를 단단하게 주게 하는 향석이 박힌 목걸이도 차고 있었다.

뇌운비는 은은한 미소를 지으며 태상교주의 말에 반박했다.

"털었다고 했소? 그냥 몇 가지 필요한 것만 집어 왔을 뿐이오. 필요없는 무기들은 모두 두고 오지 않았소?"

태상교주는 온갖 희귀한 병기들은 너무 무거워서 들고 오지 않은 주제에 말이 많다는 말을 해주려다 혈압을 위해 그냥 삼켰다.

게다 태상교주가 여기까지 발걸음을 한 건 그것보다 조금 더 귀한 물건 때문이었다.

"그 병기들을 모두 합해도 교주께서 차고 있는 반지 하나 값도 안 나온다는 사실을 알면서도 그런 말을 하오? 게다 노부가 여기에 온 건 다른 이유에서라는 것을 알면서도 지금 발뺌하오?"

뇌운비는 어깨를 으쓱였다.

태상교주는 당장에 검을 뽑아 들어 뇌운비를 두 동강 내려는 욕구를 기적적으로(!) 참아내었다.

"인형설삼!"

뇌운비는 모르겠다는 표정을 유지했다.

"인형설삼이 뭐요? 삼(蔘)이라는 말을 쓰는 걸 보면 산삼이라는 말인데, 아아!"

뇌운비는 검지를 하나 들며 '아, 그거?' 라고 중얼거리는 모습에 태상교주는 실지로 검에 손까지 갖다 대었다. 핏줄이 솟고 혈압이 비상식적으로 높아지는 순간이었지만 태상교주는 또다시 참을 수밖에 없었다. 공식적으로 태상교주가 교주보다는 조금 높은 직위였고, 실질적으로 태상교주의 무공이 현 교주보다 조금 높다고 알려져 있으니, 태상교주가 현재 교주를 조금 손보는 데에는 아무런 문제도 없었다.

그런데도 태상교주는 참았다.

물론 타당한 이유가 있었다.

"사람의 형태를 띤 그 산삼이 바로 인형설삼인가 보오? 그냥 맛나게 생겨서 먹었는데, 이름도 따로 있는 그런 특별한 산삼이었나 보구려. 그런데 그거 하나 먹은 것 가지고 발정난 개처럼 달려온 게요?"

태상교주는 이윽고 무림맹주의 탁자를 주먹으로 내리찍었다. 이전에 비천검이 교체한 지 얼마 안 된 백옥을 깎아 만든 귀한 탁자였지만 여지없이 갈라지는, 무림맹주실과는 별 인연이 없는 탁자였다.

"그거 하나라니! 그게 뭔지 정말 모르오? 영물 중에서도 영물, 일만 년에 단 한 번밖에 생기지 않는다는 만년설삼보다도 더 귀한 인형설삼을 날름 처먹고도 그런 말이 나오오?"

침까지 튀겨가며 열변을 토하는 태상교주의 말에도 뇌운비는 대수롭지 않다는 듯이 말했다.

"그런 귀한 산삼이었소? 근래에 몸이 허해 그냥 산삼인 줄 알고 먹었는데 귀한 거였구려. 뱃속에 뜨거운 무엇인가가 날버둥 치기에 배탈이 난 줄 알았는데, 배탈이 난 게 아니었구려. 괜히 의원을 불렀지 뭐요. 어쨌든 태상교주! 알려줘서 고맙소. 번거롭게 의원에게 검진도 안 받아도 되고, 이 모든 게 태상교주의 덕이오. 거듭 고맙소."

"……."

태상교주는 너무도 어이가 없어 화를 낼 기력도 남아나지를 않았다.

말이 안 통한다.

뇌운비는 무엇인가가 거슬리는지 개운치 않은 표정으로 태상교주에게 말했다.

"그런데 태상교주는 왜 왔소? 그거만 말해주려고 여기까지

온 건 아닐 거 아니오? 설마 이 인형설삼을 도로 뱉어내라고 온 건 아닐 테고……. 흐음, 아니, 애초에 인형설삼을 먹지 않았어도 결국에는 내가 먹어야 하는 거 아니오? 설마 태상교주가 먹으려고 했는데 내가 먹어서 이렇게 발정난 건 아닐 텐데……. 혹시, 맞소?"

"……."

인형설삼을 자기가 먹으려 했던 건 맞다. 무인인 이상 당연히 영물에 눈이 멀 수밖에 없었다. 그런데 자신이 먹을 명목이 없다는 사실이 지금에서야 가슴으로 직접 다가왔다.

태상교주는 실질적으로 직위는 높아도 마교의 일에 간섭할 권한이 없다.

은퇴한 교주이기에 체면은 살려줘도 권력은 없다.

잠시 인형설삼에 정신이 팔려 상황 파악이 조금 늦었지만, 안타깝게도 자신이 이렇게 행동하고 있는 건 아무런 해명을 할 수 없었다.

요약하자면, 자신은 체면만 깎아내리고 있었다.

"흠흠, 그런 게 아니오. 단지 인형설삼을 아무런 주의 없이 먹으면 위험하다는 말을 해주고 싶었소."

뇌운비는 걱정도 하지 말라는 얼굴로 입을 열었다.

"아아, 걱정해 주는 거요? 고맙소. 그렇지만 현재 나는 깨달음이 몸을 너무도 앞서 내공이 부족한 상황이었소. 게다 현재 배우고 있는 심법이 너무도 좋아 영물의 이질적인 기도 쉽사리 흡수할 수 있다오. 덕분에 무공에 큰 진전이 있었소."

"……."

태상교주가 성질을 참는 이유는 여기에서 드러난다.

태상교주는 느낄 수 있었다, 뇌운비의 달라진 기도를. 뇌운비가 숨기려 하지 않았기에 태상교주는 쉽게 뇌운비의 기도를 파악할 수 있었고, 적잖게 놀랄 수밖에 없었다.

이제 자신의 힘으로는 어떻게 해볼 상대가 아니었다.

원래는 그럴 만한 상대였지만, 더 이상은 아니었다.

"내가 강해지는 게 곧 마교가 강해지는 게 아니겠소? 아무런 상의 없이 먹어서 미안하오. 흐흐, 하지만 역시 영물이라는 건 좋구려."

뇌운비는 강해졌다는 자신감에 미소를 감출 수가 없었다.

힘이 넘친다.

태상교주 정도는 손가락 하나로도 죽일 수 있을 것만 같았다.

'과연 휘인은 이런 나를 이길 수 있을까?'

힘은 사람을 교만하게 만든다.

교만해지만 모든 게 하찮아 보이고 자신만이 뛰어나 보인다.

뇌운비는 쾌락을 추구하는 인물이었다.

근래에 수많은 강자를 만나 겸손해진 그였지만, 안타깝게도 상황이 조금 바뀌었다.

"……."

휘인의 무위를 떠올린 뇌운비는 고민할 수밖에 없었다. 뇌운비는 본인의 힘도 막강해졌고, 마교라는 호랑이도 등에 업고 있었다. 휘인과는 아주 다른 상황이라는 말이다.

하지만 이내 뇌운비는 그 위험한 생각을 지웠다.

휘인의 강함은 외적인 게 아니었다.

실제로 강하다.

"그럼 이만 가보겠소."

뇌운비의 정신을 차리게 한 건 꼭 땡볕 아래 축 늘어진 잡종 개마냥 풀이 죽은 태상교주의 목소리였다.

뇌운비는 씨익 웃으며 돌아선 태상교주를 불렀다.

"인형설삼에 잔뿌리들이 많아 추려서 먹었는데, 혹시 그거라도 먹을 생각 있소?"

'불쌍하니까 이 잔뿌리나 먹고 떨어져'라는 의도가 아주 노골적으로 드러나는 표정과 어조였다.

태상교주는 자존심을 죽이고 천천히 고개를 끄덕였다. 말도 못할 정도로 처참한 기분이었다.

"정말 먹을 생각이오? 먹다 남긴 건데도?"

얇은 뿌리라고는 하지만 인형설삼이다. 어지간한 환단보다는 훨씬 도움이 될 것이다. 조금이라도 강해질 수 있다면 태상교주는 언제든지 자존심을 죽일 인물이었다.

태상교주는 입술을 잘근 씹었다.

'이 녀석이!'

뇌운비는 다시 한 번 물음으로써 태상교주를 다시금 비참하게 만들었다.

그렇지만 이미 한 번 숙인 자존심이었다.

두 번 못할 이유는 없었다.

태상교주는 말도 하지 못하고 고개만을 천천히 끄덕였다.

다시 한 번 뇌운비의 입에 미소가 걸렸다. 그 미소가 상당히 거슬려 불안감마저 들었다. 태상교주는 이윽고 그 불안감이 어디에서 나오는지 알게 되었다.

"흐흐, 미안하오. 그냥 예의상 한 말인데 정말 태상교주가 먹는다고 할 줄은 몰랐소. 뿌리 하나하나까지 다 먹었소."

"……!"

뇌운비에게 농락당했다는 생각에 태상교주의 얼굴이 시뻘개지며 검까지 뽑아 들 뻔했으나 심상치 않은 뇌운비의 기도에 또 한 번 참을 수밖에 없었다.

실질적으로는 참는 게 아니고, 선택권이 없는 거였지만…….

태상교주가 비참한 심정만을 갖고 무림맹주실을 나서려는 찰나였다.

"태상교주."

뇌운비가 다시 불렀다.

이번에는 상당히 진지한 음성이었다.

인간이란 어쩔 수 없다. 그렇게 당하고 나서도 태상교주는 또 한 번 기대를 할 수밖에 없었다.

물론 그 기대 역시 처참하게 깨졌다.

"나가는 길에 의원에게 오지 않아도 된다고 해주시겠소? 귀찮게 하고 싶지 않아서 그냥 미리 말하려고. 일개 의원이지만 그래도 공생하려면 서로 편의를 봐주는 게 좋잖소. 흐흐."

정말 인형설삼을 먹고는 입이 귀에 걸린 뇌운비였다.

태상교주는 얼굴을 일그러뜨리며 거칠게 무림맹주실을 나섰다.

뇌운비는 웃음을 터뜨렸다.

"크하하하하!"

넘쳐 나는 힘은 뇌운비의 기분을 너무도 좋게 해주었다. 평소 행복함과는 거리가 먼 비관적인 뇌운비라고 해도 지금의 상황만큼은 너무도 좋았다.

잠시 후 뇌운비의 웃음소리가 잦아들었다.

어느새 그는 진지한 얼굴로 무림맹주실 내의 서류들을 훑고 있었다.

뇌운비는 그중에서 가장 구석진 곳에 놓인 혈옥(血獄)이라 쓰인 서류를 집어 들었다.

'이제 휘인을 구해볼까?'

뇌운비의 눈에 이채가 돈다.

마교는 현재 여유롭다.

원하는 바를 일차적으로 이루었으니 여유로울 수밖에 없었다.

물론 언제까지고 여유로울 리는 없었다.

제4장

암살임무(暗殺任務)

"여기가 한천인가?"

강희는 휘인에게서 받은 임무가 있었다.

"암살을 부탁하려 한다."

휘인은 자신의 무공을 단번에 꿰뚫어보았다. 남들은 자신을 대도(大盜)라 알고 있고, 실제로 자신은 도둑질에 도가 텄다. 잠입, 은신, 지략, 그리고 순발력이 한데 어우러져 그녀를 완벽한 대도로 만들어주었다.

그렇지만 그녀의 무공은 조금 다른 데 중점을 두고 있었다.

그 잠입, 은신, 지략, 그리고 순발력은 실제로 암살을 위한 훈련이었다.

살막의 후예로서 그녀는 천하제일살수를 자부하며 살고 있었다. 지금껏 그녀는 수십 개의 청부를 받았지만 아무도 그녀가 살수인지는 모른다.

살수에게는 꼭 지켜야 할 몇 가지가 있기 때문이다. 그중 가장 중요한 건 바로 비밀이었다. 자신이 살수라는 게 알려지면 절대 안 된다. 새로운 이름과 변장으로 은밀하게 청부를 받고 실제로는 다른 인물로 산다.

제이의 신분이 필수라는 말이다.

지금껏 그녀는 제이의 신분을 잘 지켜왔다. 천하제일살수는 없고, 천하제일대도 강희가 있는 게 바로 그런 이유에서였다.

하지만 휘인은 알고 있었다.

강희가 일개 도둑만이 아니라는 사실을.

휘인은 강희에게 암살할 대상을 주지 않았다.

다만,

"재량껏. 죽일 수 있는 가장 영향력있는 인사를."

휘인은 그렇게 두 마디를 했다.

강희는 휘인의 지시를 받고 무작정 무림맹으로 들어왔다. 물론 자신의 대도행을 하는 것도 잊지 않았다. 처음에는 위장 신분을 위해서였지만 차츰 시간이 가면서 습관이 되어버린

손버릇.

강희는 그녀의 연락책을 통해 무림맹주실에 그 어떤 것보다도 귀중한 게 숨겨져 있다는 이야기를 들었고, 입수하기에 이른다.

물론 휘인의 임무 완수에 신경을 덜 쓴 데에는 적절한 핑계가 있었다.

'사전 답사!'

말 그대로 사전 답사였다. 무림맹주실에서 암살을 계획하고 있던 강희였다. 누구든 영향력있는 인사가 무림맹주실로 일하거나 들를 것이고, 그곳에 자주 왕래하는 이가 상대하기 적절하다면 움직일 생각이었다.

강희의 암살 대상은 정해졌다.

'신승!'

신승이 돌아오자 강희는 신승의 암살을 치밀하게 계획하기 시작했다.

무리라는 사실을 알고 있음에도 강희는 신승의 암살만을 계획했다.

운이 좋으면 성공하여 휘인의 신임을 얻을 수 있다는 생각에서였다.

'내가 왜 잠깐 만난 사내의 신임을 얻으려고 이런 생고생을 하는 거지?'

가끔 의문이 생긴다.

아니, 항상 의문을 가지고 있다.

휘인이 과연 어떤 영향력을 가지고 있기에 이렇게 깊게 뿌리박았는지 이상하다.

쉽게 마음을 주지 않는 편이라 생각했는데, 사람의 일은 정말 모르는 모양이다.

어쩌면 그 의문을 풀기 위해서 무림맹의 보안을 피하며 이런 일을 하고 있는지도 모른다.

'여긴가?'

무림맹의 임시 지부에 도착한 모양이었다. 사람들이 모여 있고, 모여들고 있었다. 허름하지는 않지만 그렇다고 웅장하지도 않은 장원을 기점으로 무림맹 무사들이 정찰을 돌고 있었고, 문사들이 종이와 붓을 들고 다니며 무엇인가를 적고 있었다.

'분류를 하는 모양이군.'

강희가 한천에 온 이유는 간단하다.

그녀가 처음 목표했던 신승의 암살을 시도하기 위해서였다.

마교에 의해 신승에 되돌아오지 않자 어쩔 수 없이 무림맹을 벗어나야 했고, 신승이 임시 지부를 만들었다는 소문을 듣고 이렇게 한천까지 왔다.

물론 그 과정에서 한 번 고민을 했다.

마교의 수장, 즉 교주를 죽이는 게 휘인에게 도움을 주는 게 아닌지 말이다. 아니면 무림맹에 남아 혈옥을 열어주는 데 힘을 보태는 게 좋지 않을까 하고 말이다. 하지만 강희는 그렇게 하지 않았다.

마교에서 뇌운비를 봤다.

강희는 그렇게 마교 교주의 처단과 휘인의 탈옥을 돕겠다는 생각을 깨끗이 접고 한천으로 달려왔다.

'자, 어떻게 침입할까?'

생각할 필요도 없었다.

강희가 씨익 웃었다.

임시 지부로 다가가자 무사 둘과 문사 한 명이 그녀를 맞았다.

"이 이상은 허가없이 들어올 수 없습니다. 들어오시려면 성명을 밝히시고, 소속을, 소속이 없다면 어디에서 오신 분인지 알려주시기 바랍니다."

"이름은 강희, 적벽에서 왔습니다."

옆의 문사가 종이에 받아 적는 모습이 보인다.

'방명록 같은 건가?'

강희는 의문을 접었다. 무사의 물음은 그것으로 끝이 아니었기 때문이다.

"이곳에는 무슨 일로 오셨습니까?"

"무사를 뽑는다고 들었습니다."

"아, 도움을 주기 위해 오셨군요. 간단한 시험과 함께 실력에 맞는 단에 배치될 것입니다. 이쪽으로 따라오시지요."

절차는 상당히 간단했다.

적들이 잠입하기에 이만큼 좋은 절차도 없었다.

무사는 강희를 장원 뒤편의 비무장으로 이끌고 갔다. 생각보다 비무장은 넓었고, 한두 개가 아니었다. 동시에 수십 명이 시험을 받고 있었고, 수백 명이 그 뒤에서 줄을 서고 있었다.

"이 줄에서 기다리시면 곧 차례가 올 겁니다. 시험 후에는 다른 무사가 배정을 해드릴 것입니다. 그럼 이만."

수백 명이 기다리는 줄이기에 맨 뒤에 선 강희는 비무장이 어렴풋이 보이기만 한다. 어떤 절차를 밟고 있는지는 하나도 보이지 않는다는 말이다.

'여기서 기다릴 수는 없다.'

강희는 주위를 둘러봤다. 무사들은 많았지만 아무도 경계하는 것 같지는 않았다. 수천의 무리가 모여 있으니 자연스레 신경이 덜 쓰일 듯도 싶다. 일일이 신경을 쓰다가는 신경과민으로 발작을 일으킬지도 모르니까.

'장원 내로 들어갈 방법이 있나?'

주위를 정찰하는 무사들과는 달리 장원을 둘러싸고 경계하고 있는 무사들은 그야말로 경계 태세였다. 매서운 눈초리로 주위를 쉴 사이 없이 둘러보는 것은 물론, 무공 역시 고강한 듯 보였다.

그때 장원 내로 들어서는 무리가 있었다.

방금 전에 비무장에서 시험을 받고 있던 무리로 보였다. 그렇다면 배정을 받았다는 말인데, 실질적으로 대부분의 시험 통과자들은 장원 밖에서 무리를 이루고 있었다.

'실력이 된다면 특별한 곳에 배정되는 모양이군.'

강희는 한숨을 쉬었다.

기다리는 것 이외에는 방법이 없어 보였다.

안타깝게도 그녀는 수백 명의 대기자가 있는 줄에서 한참 동안 시간을 죽여야 하게 되었다.

'아이고, 내 팔자야.'

네 시진.

정확하게 네 시진이 되어서야 강희의 차례가 되었다. 수백 명의 대기자가 있었던 것치고는 조금 짧지 않냐고 물을 수도 있지만, 예상외로 시험은 간단했다. 시험관이 시험자의 혈도를 통해 기를 주입하여 단전을 훑고 나온다. 간단한 소주천을 한다는 말이다.

'그렇게 아군과 적군을 구분하나?'

시험관은 그 과정에서 상대의 기의 속성을 알아낼 수 있었다. 현재 무림맹의 적인 북해빙궁의 빙기와 마교의 마기는 쉽게 알아차릴 수 있다는 말이다. 하지만 상당히 위험한 방법이었다.

'북해빙궁과 마교에서 첩자를 파견할 수도 있지.'

이익에 눈이 멀어 첩자 노릇을 할 이들은 이 무림에 널리고 널렸다.

북해빙궁과 마교만이 적이 아니란 말이다.

내부의 적도 있다. 게다 보통 내부의 적이 외부의 적보다 치명적이기 마련. 이 정도의 절차는 누구든 쉽게 통과할 수 있는데,

'도대체 신승은 무슨 생각을 하는 걸까?

그 사실을 신승이 모를까?

그럴 리가 없다.

그렇다면 생각이 있다는 말인데,

'내 알 바 아니지.'

강희의 관심사는 오로지 하나. 신승의 암살!

"이름?"

어느새 시험이 시작되었다. 이름을 이미 말했지만 방명록을 작성하는 문사 따로, 새로 뽑는 무사들의 이름을 적는 문사가 따로 있는 모양이었다.

강희는 네 시진을 기다렸다.

"강희, 무소속, 적벽에서 왔습니다."

인내심이 한계에 도달했으니 상대의 물음을 아는 이상 한 번에 모두 답해 버리는 강희였다.

"손을 내미십시오. 일종의 실력 시험입니다. 기를 주입할

테니 절대로 거부하지 않으시기 바랍니다. 기가 엉키면 시험자와 시험관 모두가 위험한 상태가 됩니다. 실수로 죽을 수도 있다는 말입니다."

물론 거짓말이었다.

일단 남의 몸에 기를 주입하면 상대의 기에 무조건 충돌하게 되어 있다. 그 정도가 크냐, 작냐에 따라 내공 수련의 정도가 판가름 난다.

충돌이 심할수록 내공이 중후한 것이다.

'숨길까?'

자신의 내공을 조금 숨기는 게 좋지 않을까 고민하던 그녀는 이윽고 고개를 저었다.

자신은 살수다.

내공을 중점적으로 수련하지 않는다. 필수이기는 하지만 심후한 내공을 필요로 하지 않는 게 살수들이다. 날렵한 신법과 강력한 최후의 일격을 사용할 수 있을 정도의 내공만이 필요하기에 그에 따른 수련을 한 그녀였다.

천하제일살수라 해서 다를 리가 없었다. 그녀의 내공이 적은 건 아니지만, 그렇다고 대문파의 장문인들처럼 많은 건 아니었다.

시험을 하는 시험관의 표정이 복잡해졌다.

내공의 주입이 마음대로 이루어지지 않고 있기 때문이었다.

내공은 들어갔지만 자신의 마음대로 소주천이 되지 않으니 이야말로 기이한 일이었다. 젊은 여자임에도 불구하고 중년인인 시험관이 그녀의 기를 압도하지 못했다.

이윽고 시험관은 손을 뗐다.

"제가 측정할 수 없을 정도로 고수이시군요. 무사님, 이 분을 장원 내로 안내하십시오. 강 소저, 장원 내에서 다른 시험관이 그대를 시험할 것입니다."

끝이었다.

강희는 무사가 이끌어주는 대로 장원 안으로 들어가게 되었다. 들어서자마자 그녀의 입이 떡하니 벌어졌다. 안에 모여 있는 무리들의 수에 놀란 것이다. 좌우측으로 약 천 명씩 자리하고 있는 듯했다. 그야말로 넓은 장원 내를 인파로 꽉 차지한 듯싶었다.

물론 바깥에 비해 그 수가 월등히 적었지만, 이들은 실력자들이었다. 대문파의 표식이 그려진 옷을 입고 있는 이들이 무리의 대부분이었다. 일반 무인으로 보이는 인물들의 수는 스무 명을 넘어 보이지 않았다.

'천라지망.'

천라지망이 해체되고 새로이 무림맹에 편성되었다고 하더니, 이들이 그들인 모양이었다.

'수천 명을 시험해서 얻은 이들이 고작 스무 명?'

대문파의 이들이 시험을 받고 들어왔을 리가 없으니, 공문을 통해 그나마 괜찮은 무인 스무 명을 얻었다고 생각하니 조금은 어이가 없었다.

이 모습만으로도 작금의 무림이 어떤 방식으로 돌아가는지 알 수 있었다.

독학은 어림도 없다.

오로지 명문정파에 들어가 제대로 된 방식으로 수련해야 이 무림에서 살아남는다. 그나마 건진 스무 명은 소속이 없어 여기저기에도 못 끼고 끼리끼리 모여 있었다.

소외받는다는 말이었다.

같은 편에서 같이 싸우는 동료임에도 불구하고 소외받는 입장인데 바깥에서는 어떨까? 받는 대접이 다름은 물론 무림에 끼칠 수 있는 영향력이 천차만별이다.

무림의 부조리함을 이곳에서도 발견할 수 있었다.

"요번에는 젊은 소저가 통과했구려. 지금까지 통과자들은 대부분 남자인 데다 여자가 껴 있어도 다 늙어 피부가 쭈글쭈글한 아줌마들뿐이었는데, 정말 다행이오!"

무림맹 무사의 황금용 표식이 그려진 무복을 입은 노인의 말이었다.

시험관인 듯싶었다.

"무엇이 다행이란 말이에요?"

노인은 과대한 동작을 불필요하게 사용하며 설명했다.

"하마터면 노부의 눈이 퇴화될 뻔한 상황이었는데, 젊고 어여쁜 처자가 나타났으니 기사회생했다고 할 수 있소. 허허허."

강희가 한숨을 쉬었다.

'무림맹은 음흉한 노인도 무사로 받아들이나 봐.'

왜 망해가는지 한번에 알아차릴 수 있었다.

그때 노인이 강희의 손을 덥석 잡았다.

강희는 얼떨결에 노인의 손을 뿌리쳤다.

"이게 무슨 짓이에요!"

워낙에 큰 목소리였기에 주위의 무리들이 그들에게 시선을 주었다.

강희는 얼굴이 시뻘겋게 달아오른 채로 노인을 노려보며 씩씩대고 있었다.

노인은 주위를 보며 '아무 일도 아니야! 난 아무것도 안 했어' 라는 얼굴로 웅성거리는 무리들에게 손을 흔들었다.

"시험을 치러 온 게 아니오?"

강희는 그제야 노인의 의도를 알아챌 수 있었다.

비록 끈적끈적한 시선을 하고는 있었지만, 어떻게 좀 해보려고(?) 손을 잡은 게 아니라 단순히 시험을 치르기 위해서 잡은 것이었다.

'그러게 왜 그런 눈을 해가지고!'

노인의 음흉한 눈은 정말 진저리가 쳐진다.

강희는 순순히 노인에게 손을 내주었다.

"허허, 급하기는. 천천히 할 테니 저쪽으로 가봅시다."

어떻게 보면 충분히 오해를 살 여지가 있는 말에 강희는 강력하게 반발했다.

"여기서 시험을 치르는 게 아닙니까?"

"이곳은 누군가가 시험을 충분히 방해할 수도 있고, 또 누군가가 노부를 공격하고자 하면 막을 수도 없는 상태가 되오. 이 무리들의 각 개인은 충분히 시험을 치르는 찰나를 이용하여 노부를 공격할 수 있다, 이 말이오. 시험 도중에 공격이 오면 소저 역시 위험해질 수 있으니, 실력자로 판명된 이들에 대한 시험은 은밀한 곳에서 하오."

"누가 노인네를 공격한다는 말이에요!"

조금은 일리가 있는 말이었지만, 그래도 노인의 음흉한 시선은 지우기 힘들었다.

그렇다고 여기까지 와서 시험을 치지 않을 수는 없었다.

강희는 정말로 마지못해 노인을 따라갔다. 노인은 그야말로 주위가 천으로 쳐진 천막 같은 곳으로 그녀를 이끌고 갔다.

"여기서 시험을 치르나요?"

노인은 묵묵히 고개를 끄덕였다.

강희는 하마터면 노인의 얼굴을 후려칠 뻔했다.

'여기서는 남들이 공격 못하나!'

물론 거짓말이라는 사실은 알고 있었지만, 그래도 이건 너무하지 않은가.

'대놓고 무시하는 것도 아니고!'

어느새 노인이 손을 덥석 잡자 그냥 참기로 한 그녀였다. 오래 걸리는 일이 아니니 그녀는 빨리 끝낼 생각만을 하고 있었다.

"자아, 이제 들어가오! 거칠게 들어갈 테니 반항하지 말고 잘 참아내시오."

강희는 너무도 큰 목소리로 말하는 노인이 수상하게 여겨졌다.

마치 바깥에 있는 모든 사람들에게 안에서 일어나는 일을 들려주고 싶어 하는 사람 같았다.

"……."

확실히 노인의 기는 거칠게 타고 들어왔다. 강희의 기가 조금 밀어내는 듯싶더니, 다시금 노인이 폭발적인 속도로 소주천을 이루어내고 있었다.

언행과는 달리 뛰어난 인물임에는 틀림이 없었다.

"끝났소. 여기에 있어도 되겠소."

"시험에 통과하지 못하면 다시 쫓겨나요?"

"시험관이 제대로 시험을 하지 못함에는 꼭 상대의 강함뿐이 아니라 다른 이유도 찾을 수 있소. 노부는 단지 재확인을 할 뿐이오. 그리고 소저는 재확인되었으니 조를 편성해 주겠소."

노인과 강희는 천막에서 나왔다.

천막에 나옴과 동시에 노인이 강희의 어깨를 토닥거리며 말했다.

"혹시 아프지는 않았소? 처음은 아니었소?"

"……."

당연히 아플 리가 없었고, 이미 시험을 한 번 받았으니 처음은 아니었다.

그런데 이 노인은 그런 당연한 사실을 친절하게도 물을 사람이 아니었다.

강희는 몇 가지 사실을 깨달았다.

첫 번째로는 천에 달하는 무리들이 일제히 자신과 노인에게 시선을 주고 있었다.

두 번째로는 그들의 얼굴이 붉게 상기되어 있었다. 마치 낯간지러운(?) 대사를 들은 사람처럼.

세 번째로는 노인이 아까는 없던 땀을 이마에서 닦고 있었다. 음흉한 미소와 함께.

최종적으로, 그리고 가장 중요한 사실은 노인의 말은 제삼자의 입장에서 십 할의 확률로 오해받기 십상이었다. 그것도 자신이 가장 싫어하는 쪽으로.

"……!"

그 사실을 깨닫는 데에는 결단코 긴 시간이 걸리지 않았다. 자신이 조금 둔해서 확실히 늦게 알아차리기는 했지만, 그래도 순차적으로 추리를 하면서는 분명 노인이 자신의 옆에 있었다.

그러니까 추리의 첫 번째 단계를 밟을 때는 옆에 있었다.

그런데 추리의 마지막 단계, 결론을 도출하자 노인이 사라졌다.

요약하자면,

'당했다!

"이 노인네가!! 어디 있어! 당장 튀어나와!'

강희는 감정을 추스를 수 없었다. 처음부터 철저하게 농락당했다.

안타깝게도 노인은 강희의 육안에 닿지 않는 곳에 있었다.

강희가 광분하고 있는 시점에서 노인은 이미 장원 내에서도 가장 우아한 멋이 있는 거처 내의 방에 들어서고 있었다. 그 방에는 이미 선객이 있었다.

너덜너덜한 승복을 입은 왜소한 노인이.

승복의 노인은 명상을 하고 있는 채로 입을 열었다.

"태선, 일은 마쳤나?'

"이 노인네가 친우를 부려먹을 생각만 하다니! 더 이상은 못하겠네."

태선.

강희를 철저하게 농락한 이는 태선이었다. 신선의 풍모를 지닌 바로 그 태선이었다.

신승은 그제야 눈을 떠 태선의 옷차림을 살폈다.

"지금까지 잘만 하던 시험관 일을 갑자기 못하겠다니, 그게 무슨 말인가?"

"이제는 질려서 안 하겠다는 말이지."

어린아이처럼 어리광을 부리는 태선에 신승은 고개를 가로저었다.

"질려서 안 한다?"

신승이 눈을 치켜떴다.

태선은 책임감이 없는 인물이 아니었다. 아니, 조금은 없을지 몰라도 나 몰라라 일을 내팽개치는 인물은 아니라는 말이다.

"단순히 질려서 안 하는 게지? 순진한 아이한테 장난을 치다 도망 같은 거 온 게 아니고. 그렇지? 천하의 태선이 아이가 무서워 도망오지는 않으니까 말일세."

"……."

태선은 얼이 빠진 얼굴로 묵묵히 고개를 끄덕였다.

"휴우."

물론 신승이 태선을 믿을 리가 없었다.

신승이 태선에게 대량의 잔소리를 늘어놓을 찰나였다.

"아차, 구파일방과 사벌이궁이 그들의 입장에 대한 공식적인 공문을 보냈다고 했던가?"

신승의 앞에 각 대문파에서 보내온 서신이 놓아져 있다는 것을 발견한 태선이 황급히 화제를 바꿨다. 그런 그의 의도를 모르는 바는 아니었지만, 아까부터 머리를 지끈지끈 아프게 한 화두가 꺼내지자 무시는 할 수 없었다.

"사벌이궁은 중립을 지키겠다고 하네. 말이 중립이지 그들은 마교를 지원하고 있는 모양이야. 구파일방 중 적극적으로 우리를 돕겠다고 나선 문파는 소림사, 제갈세가, 무당파, 그리고 화산파. 무림맹에서 가장 가까우니 무림맹 내에서 일어나는 일들을 무시할 수 없겠지. 우리가 당하면 그 다음엔 바로 그들에게 칼이 겨눠질 가능성이 높으니. 나머지 문파들의 뜻은 모호하네."

신승은 다시 눈을 감았다. 다시 두통이 생긴 모양이었다.

태선은 그런 신승의 모습을 보며 혀를 찼다.

"그러게 누가 사서 고생하라고 했나?"

신승은 태선을 무시했다.

잠시 정적이 돌자 태선이 참지 못하고 입을 열었다.

"그래, 이제 어떻게 할 생각인가? 마지막 증원이 도착하면 어떻게 움직이기는 해야지?"

태선의 말에 신승이 눈살을 찌푸렸다. 굳이 태선이 상기시켜 주지 않아도 충분히 머리가 아픈 부분이었다.

"삼파전의 장점을 아나?"

태선은 고개를 저었다. 태선은 숲에 틀어박혀 자연과 벗하며 살아온 신선이었다. 신승처럼 세속에 찌들은 무인이 아니란 말이다.

"한쪽을 견제하지 않아도 다른 한쪽이 알아서 견제해 준다. 가만히 있어도 반은 간다는 말이네."

태선은 묵묵히 고개를 끄덕였다.

"그럼 삼파전의 단점을 아나?"

"한쪽을 치려 나서면 다른 한쪽이 걸리고, 그렇다고 다른 한쪽을 칠 수도 없다. 한꺼번에 치기에는 힘에 부친다. 즉 꼼짝도 할 수 없다, 이건가?"

신승의 표정이 정말 말로 형용할 수 없을 정도로 일그러졌다.

두통이 도대체 가실 생각을 안 한다.

"그러니까 결국에는 움직이지 않는다, 이거군. 기회가 생길 때까지 잠자코 자리를 지키자, 이런 작전으로 밀어붙일 거지?"

태선은 어느새 자문자답을 하는 경지에 이르게 되었다.

"령!"

훤칠하고 시원시원하게 생긴 미남형의 사내가 여인의 옆구리를 팔꿈치로 툭툭 쳤다. 우아한 자태를 자랑하는 여인은 바로 독고령이었고, 미남형의 사내는 무여휘였다. 그들은 무황벌의 후광을 입고 아무런 시험 없이 무림맹 무사들이 이루고 있는 청룡단 다음으로 우수한 주작단에 편성되었다.

독고령이 무여휘를 돌아보자 무여휘는 저 앞에서 걸어오고 있는 한 여인을 가리켰다. 흑의를 쫙 들러붙게 입은 매혹적인 여인이었다.

"저 여자 예쁘지 않냐?"

입에 파리가 들어갈 정도로 크게 벌어진 데다 침까지 줄줄 흐르는 무여휘의 모습에 독고령이 무여휘의 턱을 주먹으로 갈겼다.

"입 다물어, 이 자식아. 가슴만 큰 여자가 뭐가 좋다고 침까지 흘리니?"

독고령이 입까지 부풀어 보였다.

무여휘는 살짝 부은 턱을 매만지며 울상을 지었다.

"가슴만 크다니! 그런 천박한 말을! 성숙한 거지! 게다 완벽한 체형을 지녔어. 크흐흐, 너 같은 어린애랑은 천차만별이야."

무여휘는 여전히 흑의의 여인을 바라보며 실실대고 있었다.

독고령의 무시무시한 표정을 알아채지 못한 채…….

퍽!

"크윽!"

무여휘는 배를 움켜잡고는 바닥을 굴렀다. 혈색이 안 좋은 게 꽤나 세게 친 모양이었다.

"남자가 엄살을 부리고 있어. 여자가 때려봤자 얼마나 아프다고."

그렇게 말하는 독고령의 얼굴은 웃고 있었다. 통쾌한 그런 얼굴로……

"내공을 사용했잖아!!"

바닥을 뒹굴며 절규하는 무여휘였지만 그런 그의 절규는 독고령에게 조금도 받아들여지지 않았다.

"주작단원이면 여기에서 대기하고 있어야 하나?"

조금 까칠하지만 나름대로의 멋이 사는 음성의 소유자가 말했다.

독고령의 입이 떡하니 벌어졌다.

가까이서 보니까,

'정말 가슴 크다!'

"예, 여기서 대기하시면 됩니다. 소저, 서 계시면 불편하니까 여기 앉으세요."

옅은 미소와 절제된 동작. 무여휘는 어느새 바닥에서 일어나 옷매무새를 가다듬고는 그야말로 흑의의 여인을 황족 대하듯 하고 있었다.

독고령은 또 한 번 무여휘를 때리려는 욕망을 꾹 눌러 참아야만 했다.

그때 무여휘는 의자 높이의 바위를 호호 불고는 옷으로 성심성의껏 닦고 있었다. 옷이 닳아 구멍이 날 때까지 닦더니 씨익 웃으며 흑의의 여인을 돌아봤다.

"여기 앉으세요."

"……."

픽!

참는 데에는 역시나 한계가 존재했다.

이번에는 머리를 싸매며 바닥을 뒹구는 무여휘를 뒤로하고 독고령이 입을 열었다.

"어디서 오셨나요?"

독고령이 의심의 눈초리로 바라본다. 흑의의 여인은 분명 대문파의 제자가 아니었다. 대문파의 제자가 아님에도 불구하고 실력을 인정받아 주작단에 편성되었다는 건 조금 의심해 볼 만한 여지가 있었다.

특히나 열등감을 느끼는 여자에게는 의심을 하다못해 확신을 갖기에 충분했다.

"적벽에서 온 강희라고 해요."

선입견을 갖고 있는 차갑기 그지없는 독고령이 녹아내릴 정도로 강희는 사근사근하게 대답했다. 눈웃음까지 지어 보이는 게 같은 여자가 봐도 매력적이었다. 풋풋한 아름다움이 아닌, 성숙미가 드러났다.

'요사스러워!'

독고령은 다시 의심의 눈을 치켜떴다.

"왜 여기에 왔나요?"

어떻게든 상대를 궁지에 몰아넣고 싶은 그녀였다.

"그거야, 예쁜 소저랑 똑같은 이유에서겠죠. 아까부터 해주고 싶은 말이었는데 피부가 정말 좋네요. 난 나이가 먹어가니까 주름살이 조금씩 생기려고 하는데, 역시 나이는 못 속이나 봐요."

"에이, 그렇게 좋지도 않은데. 호호."

독고령은 상대의 칭찬에 괜스레 부끄러워 몸을 배배 꼬고 있었다.

"……."

그리고는 자신의 추태를 깨달았다.

'말도 요사스럽게 해!'

요녀 중의 요녀였다.

독고령은 또다시 도끼눈을 치켜떴지만 그녀의 사근사근한 눈웃음과 마주치고는 할 말을 잃었다. 어쩌면 상대는 그냥 보이는 그대로 좋은 사람인지도 모른다.

'젠장.'

독고령은 힘없이 바위에 앉았다. 물론 강희에게서 최대한 떨어져 앉았다. 자신이 할 수 있는 최대한의 반항이라 볼 수 있었다.

그때 강희가 독고령의 옆에 바짝 붙어 앉으면서 말했다.

"독고 소저는 내가 싫어?"

조금은 풀이 죽은 목소리는 견딜 만했다. 하지만 무엇보다도 독고령을 괴롭히는 건 호소하는 듯한 강희의 눈이었다.

'정말 저 눈은 요사스러워.'

"아니요."

싫어하지는 않는다. 그렇다고 좋아한다고 할 수도 없었다.

"정말?"

어린아이처럼 발랄하게 되묻는다.

"네……."

"잘됐다! 나도 독고 소저가 좋은데. 나, 령이라고 부르면
안 돼? 너무 삭막하잖아."

'내가 언제 좋아한다고 했어! 싫지는 않다고 했지!'

하지만 역시 강희와 논쟁은 피하고 싶은 독고령이었다.

"후우, 그렇게 하세요."

"아싸! 그럼 우리 이제 친해진 거다?"

"……."

어딘가 막무가내인 강희의 태도에 독고령은 그야말로 기
가 질렸다.

그때였다.

어느새 멀쩡한 옷매무새로 강희 옆에 바짝 붙어 앉아 손을
덥석 잡고는 애써 굵게 만든 목소리로 부드럽게 말하는 이가
있었다.

"희 누이! 앞으로 그렇게 부르겠습니다. 역시 희 누이는 사
교성이 좋군요. 하하하."

"……."

무여휘의 모습은 그야말로 추태 중에서도 추태였다.

픽!

당연히 독고령의 응징이 있었다.

"너는 짜져 있어."

이번에는 무여휘의 호신강기가 금이 갈 정도로 강하게 때렸기에 무여휘는 한참 동안을 바닥에서 뒹굴 수밖에 없었다.

대기하는 기간이 길어지자 숙식이 제공되기 시작했다. 청룡단, 주작단, 백호단, 현무단으로 나뉘어 두 명당 한 개의 방이 주어졌다. 쾌적한 공간은 아니었지만, 딱히 불편하다고 볼수는 없었다.

오 일가량이 지나자 강희는 깨달았다.

'당분간 움직일 생각은 없다는 건가?'

움직이는 동안 기회를 엿봐 신승의 암살을 꾀하려고 했다. 움직이는 동안은 틈이 여러 번 나지만, 지금처럼 신승이 한곳에 일정하게 틀어박혀 있을 때는 침입도 어렵고, 잠복은 더더욱 어렵다.

상대는 신승이란 말이다.

가만히 잠복해 있어도 힘들 텐데, 침입을 하면서 상대에게 들키지 않을 자신이 강희에게는 없었다.

강희는 침상에 누워 생각을 정리했다.

'왜 나에게 암살이라는 임무가 주어졌을까?'

휘인의 명령을 받고 꽤나 오랫동안 생각해 본 질문이었다. 물론 휘인의 뇌를 해부해 볼 수 없는 한 뾰족한 답이 나오지는 않았지만, 조금 그럴싸한 답은 나왔다.

'무림 전체를 상대하다 보니 세 세력을 모두 신경 써야겠지. 그런데 휘인이 무슨 거창한 세력을 지닌 것도 아니니까 최소의 인원으로 최대의 효과를 창출해야겠지.'

마교는 이미 휘인의 손에서 놀아나고 있었다. 정확히 말하면 뇌운비의 손이지만. 뇌운비는 현재 휘인에게 가장 헌신적인 인물이었다.

북해빙궁에 대해서는 아는 바가 없다. 어쩌면 그 청운이라는 작자가 이미 잠입해 있을지도 모른다. 휘인에게 청운이 마음대로 겉모습과 기도를 바꿀 수 있다는 재주를 들었으니, 분명 그의 용도(?)는 무궁무진했다.

무림맹은 자신이 손볼 곳이다.

아마 이곳의 인물을 암살하기 시작하면 분명 내부에 적이 있다고 생각하여 이들은 그 내부의 적이 처리될 때까지 아무런 움직임을 보일 수 없을 것이다.

그게 자신의 임무였다.

최대한 은밀하게 요직의 인물들을 처리하면서 무림맹을 혼란스럽게 하라.

'신승에서 대상을 바꿀까?'

분명 일이 훨씬 수월해질 수 있다.

신승이 죽으면 무림맹이 급격하게 붕괴될 것이라고 강희는 믿어 의심치 않았다.

그만큼 효과적이기는 하지만 그 배로 어렵다.

신승과도 같은 극강의 고수는 미세한 기의 변동도 쉽게 알아차린다.

조금의 실수도 용납되지 않는다는 말이다.

'사전 답사는 해야겠지.'

강희는 몸을 일으켰다.

살수에게 있어 중요한 게 많지만, 그중에서도 필수적인 부분은 바로 퇴로를 반드시 확인해 두는 것. 물론 오로지 암살에만 목적을 두는 살수들도 있지만, 강희에게 있어 임무의 성공은 무사히 빠져나오는 것까지 포함된다.

그리고 그렇게 배웠다.

은은한 달빛을 받으며 복면 사이로 유일하게 드러나는 신체 부위인 눈이 초롱초롱 빛나고 있었다.

전각의 지붕에서 이동하는 강희의 움직임은 상당히 빨랐고, 숙련되어 있었다. 기울어진 지붕에서도 균형을 이루며 이동하고 있었다.

강희는 이곳에 머무르면서 딱 두 번 먼발치에서 신승을 본 적이 있었다.

신승이 나오는 곳과 들어가는 곳은 모두 똑같은 건물에서였다.

정확하게 그가 어떤 방에서 머무르는지 파악하기 위해서 오늘 이렇게 나온 강희였다.

야간조가 정찰을 돌고 있었지만 장원의 건물 사이는 상당히 좁은 편이었다. 쉽게 상대들의 눈을 속이며 움직일 수 있다는 말이었다.

'저기다!'

장원의 한중앙에 있는 고풍스러운 전각. 오래된 세월만큼이나 기품이 서려 있는 전각이 바로 신승이 머무르는 전각이었다.

탁.

한 걸음을 뛰자 이전보다는 훨씬 멀리까지 뛰어졌다. 전각에서 전각으로 건너기에 충분한 거리까지 뛰어졌다.

강희는 신승이 머무르는 전각과 마주 보고 있는 전각의 지붕에서 몸을 숙였다.

지붕의 절반은 오르막인 부분이었고, 나머지 절반은 내리막이다. 강희는 그 오르막인 부분에 서 있으면서 오로지 눈만을 보이며 온몸을 숨기고 있었다.

방이 여러 개 있어 과연 어디에서 신승이 나오는지 지켜볼 심산이었다.

운이 없다면 오늘 완료할 수 없는 일일지도 모른다.

어차피 살행은 인내심을 요구하는 일이었다.

기회를 엿보는 일에 대해선 이미 충분히 숙련된 강희였으니 문제는 없었다.

강희에게도 운이 있었는지, 정확하게 두 시진 후에 신승이 중앙의 방에서 나왔다. 하지만 혼자가 아니었다. 그 방에서 신선풍의 노인과 함께 나오고 있었다.

어딘가 본 듯한 게 낯설지가 않은 인물이었다.

그때 마치 번개에 맞은 듯한 얼굴로 강희는 입을 떡하니 벌렸다.

'변태 노인!'

하마터면 소리칠 뻔했다.

강희는 입을 두 손으로 막으면서 살의를 불태웠다.

'죽여야 할 대상이 하나 더 늘었군!'

바로 자신을 시험한 그 변태 시험관이었다.

"자아, 이제 들어가오! 거칠게 들어갈 테니 반항하지 말고 잘 참아내시오."

"혹시 아프지는 않았소? 처음은 아니었소?"

"……."

지금도 그날의 일을 떠올리면 잠을 못 이루고는 했다.

그렇게 변태 시험관을 찾아 다녔는데, 그의 흔적조차 찾을 수 없는 게 이상했는데 강희는 드디어 그 이유를 알 수 있었다.

'신승과 같은 방에서 지낼 줄 누가 알았겠어?'

그 변태 시험관은 생각보다 권위가 있는 모양이었다. 신승과 아는 사이이니 분명 어딘가 대단한 사람이라고 할 수 있는데,

'저 변태가?'

신승과 변태 시험관.

분명 어울리지 않았다.

부자와 거지만큼이나 어울리지 않는다.

'그런데 지금까지 같은 방에서 지냈어? 신승 같은 사람이랑 저 변태랑?'

저런 변태랑 일주일간 같은 방에서 지낸다고 생각하니 벌써 몸서리가 처지는 강희였다.

'그럼!'

절대로 상상해서는 안 되지만 이미 상상해 버린 일에 강희는 헛구역질을 했다.

'연인 사이?'

신승을 떠올리면 분명 그런 일은 없을 것이다. 그냥 친구로서 같은 방에서 지내는 일은 흔히 있다. 하지만 생각해 보면 그런 일들은 무림행 중에만 존재한다. 그러니까 여행 중에서

편의상 같이 지내는 것이다. 그렇지만 이 장원에는 수많은 방들이 있다.

신승이 머무르는 전각에만 해도 빈방이 수십 개였다.

그런데 굳이 같은 방을 사용한다?

'……'

이성은 그 사실을 거부하지만 확실히 변태 시험관을 떠올리면 그럴 법도 하다.

아직도 그의 음흉한 시선이 잊혀지지를 않는다.

'반드시 죽인다.'

변태 시험관은 이 세상의 악이었다.

그때였다.

강희는 흠칫 놀라며 황급히 지붕에 누워 몸을 완전히 숙여야만 했다.

갑자기 변태 시험관과 눈이 마주친 것이다. 다른 전각들의 간격에 비해 자신이 몸을 숨기고 있는 전각과 신승이 머무르는 전각과는 거리가 상당히 멀어 들킬 염려가 분명히 없었다.

시선이라는 것도 그 거리가 멀면 전혀 느껴지지를 않는 게 당연했다.

게다 아무리 육안이 좋아도 이 야밤에 흑의를 입고 있는 자신의 모습이 보일 리가 없었다. 무엇보다도 보인다 해도 착시라고 여겨질 정도로 흐릿흐릿할 텐데…….

'눈이 마주쳤어!'

그냥 우연히 이곳을 바라본 것일 수도 있다.

눈을 돌리다가 우연히 자신의 시선이 있는 쪽으로 변태 시험관이 쳐다봤을 가능성이 높았다.

적어도 단번에 자신의 위치를 파악하여 시선을 줬을 가능성보다는 천만 배 높았다.

신승도 알아차리지 못할 정도로 은밀한 은신술까지 시전하고 있었는데, 그 변태 시험관이 자신의 은신술을 파훼했을 리는 만무했다.

'이상해.'

강희는 꺼림칙한 느낌에 황급히 몸을 놀려 그 전각에서 벗어나기 시작했다.

잠입해 왔을 때보다 훨씬 빠른 속도였다.

어차피 퇴로와 신승의 소재를 정확하게 파악했으니 소기의 목적은 달성한 셈이라고 볼 수 있었다.

제5장

궁극지의(窮極之意)

　감옥은 사람을 미치게 하는 특성을 지녔다. 사람의 자유를
빼앗는 것으로 시작해서 희망을 점차적으로 잃어가게 한다.
희망을 잃은, 절망에 빠진 사람들이 뭉쳐 있는 곳이니 당연히
그 분위기도 여타 다른 곳과는 다르다.

　음침하고도 절망적인 분위기는 다른 이들에게도 전이된
다.

　현재 휘인 일행은 그런 상태를 겪고 있었다.

　정확하게는 휘인을 제외한 일행들이 그런 상태에 빠져 있
었다.

　보통 사람처럼 크게 작용하지는 않았다.

단지 평소보다 조금 우울하고, 침체되어 있는 정도? 하지만 그들의 경지를 떠올려 보면 혈옥이 얼마나 위험한 곳인지 새삼 깨닫게 해준다.

휘인만 평소와 다름없는 얼굴로 명상에 빠져 있었다.

벌써 두 달이 다 되어간다.

휘인에 대한 신뢰가 점차 옅어지기 시작했다. 처음에는 당연히 빠져나올 가능성이 있는 줄 알았다. 혈옥에 제 발로 들어오는 사람이라면 당연히 빠져나갈 수 있으니 그렇게 행동하는 줄 알았다.

하지만 휘인은 혈옥에서의 첫날이고, 두 달째 되는 날이고 여전히 명상만을 했다.

일주일 간격으로 벽곡단을 섭취할 때만 눈을 떴다.

신선이 따로 없었다.

유난히 혈옥의 분위기를 타는 소여락이 참지 못하고 신경질적으로 말했다.

"도대체 무슨 생각을 하는 거야!"

정확하게 한 달 만이었다.

소여락이 한 달 전에 이미 이런 화제를 꺼냈다. 하지만 아무것도 얻지 못하자 포기했다. 그렇게 한 달이 지났다는 말이다.

한 달 전과 다른 점이 있다면 이번에는 모든 일행들이 갈망의 눈으로 휘인을 쳐다보고 있다는 것. 한 달 전에는 단순한 호기심으로 휘인에게 집중했지만, 이번에는 제대로 된 답을 듣지 못하면 미쳐 버릴 것만 같은 세 사람의 시선을 받고 있었다.

휘인이 마지못해 눈을 떴다.

"명상을 할 생각이다."

휘인이 정말 싫어하는 게 있다면, 그건 바로 누가 그의 명상을 방해할 때였다. 그렇기에 보통 휘인이 벽곡단을 섭취하고 있을 때 일행들이 이것저것 물어보기 일쑤였다.

소여락이 살기에 찬 미소를 띠어 보인다.

"웃기지도 않은 농담은 하지 마시지. 정말 혈옥에서 벗어날 생각 없이 제 발로 들어온 거야?"

소여락의 인내심은 바닥을 보이고 있었다.

자유를 잃었다는 사실을 알았을 때 가장 크게 절망하는 사람은 바로 욕망이 많은 자였다. 소여락은 그런 부류의 인물이었다. 그렇지 않으면 마교에 남아 있을 리가 없었다. 아니, 예초에 마교에 들어가지도 않았다.

이렇게 중요한 때, 마교가 현재 무림을 유린하는 지금, 이렇게 갇혀 있다는 사실만큼 괴로운 건 없었다. 사람을 미치게 할 정도로 괴로운 일이었다.

소여락의 질문을 받은 휘인은 심경이 복잡해 보였다. 대답을 해야 할지 말아야 할지 고민하는 모양이었다.

그 기색을 읽은 소여락이 다시 강조했다.

"네 미래만 달려 있는 게 아니야. 너 때문에 우리의 미래도 불확실해졌다고. 우리도 우리의 미래에 대해서 알 권리가 있지 않아? 우리의 미래를 정확하게 말해 달라는 말이야."

조금은 부드러워진 음성이었다.

그때 휘인의 굳게 닫힌 입이 열렸다.

"내가 여기에 스스로 들어온 이유는 오로지 하나. 바깥이 조용해질 때까지 생각을 정리해야 할 장소가 필요했다. 무림맹, 북해빙궁, 마교가 모두 나를 주시하는 가운데, 그런 장소와 시간을 줄 수 있는 곳은 이곳뿐이었다."

"……."

소여락은 할 말을 잃었다.

"그러니까, 오랫동안 생각할 수 있는 안전한 장소가 필요해서 이곳에 들어왔다, 이거야? 그게 혈옥에 들어온 유일한 이유란 말이냐?"

휘인은 고개를 끄덕였다.

소여락은 이마에 솟은 핏대를 매만졌다. 무슨 기대를 했는지 모르겠다. 사실 안에 갇혀 있는 한 바깥으로 나갈 수 있는 방법이 존재할 리가 만무했다. 감옥의 안이다. 안에서 바깥으로 나갈 수 있다면 그건 감옥이 아니었다.

그래도 확인을 받고 나니 더 열 받는 게 사실이었다.

그때 휘인이 덧붙였다.

"그리고 나갈 수 있는 조치는 해놓았다."

"그래, 그래. 어련하시겠어."

소여락은 지끈지끈한 머리를 식히며 휘인의 말에 대충 답했다.

그러다 문득 꽤나 중요한 말을 들은 것만 같았다.

자신이 듣고 싶어 한 그런 종류의 말.

'그럴 리가 없어.'

가끔은 환청이라는 게 실제로 들리기도 한다.

"뭐라고?"

"나갈 수 있도록 손을 봤다고 했다."

소여락은 자신의 귀를 후벼 팠다. 귀지가 쌓여서 음파를 방해하여 소리를 변형시켰을 가능성은 전무하지만, 그래도 혹시 모른다.

"다시 말해봐."

"머지않아 혈옥의 문이 열릴 것이다. 그러니 너무 실망하지 말도록."

"……!"

그제야 소여락은 자신의 귀가 제 기능을 수행하고 있다는 사실을 깨달았다.

그리고 휘인이 한 말도.

"여어, 주군. 그게 사실이야?"

임홍도 끼어들었다. 사실 임홍과 곽소천 역시 희망을 잃어가고 있는 중이었다. 휘인을 따라왔다는 것을 후회하고 있었다.

휘인은 묵묵히 고개를 끄덕였다.

"야호, 나갈 수 있다!"

임홍은 기쁨의 표시로 곽소천을 꽉 안았다. 곽소천 역시 웃음을 숨기지 않았다. 내색하지는 않았지만 소여락도 기뻐하는 모습이 역력히 드러났다.

일행이 기뻐하는 가운데 찬물을 끼얹은 건 바로 이어진 휘인의 한마디.

"조치를 해놓기는 했지만 정말 혈옥의 문이 열릴지는 미지수다."

"……."

일행들은 일제히 귀를 한 번 더 후벼 팠다.

"뭐라고?"

"그리고 그 시기도 정확하게 모른다. 내일이 될 수도 있고, 모래가 될 수도 있다. 내년이나 내후년이 될 수도 있고, 어쩌면 이십 년 후가 될 수도 있다. 일이 어떻게 될지는 정확하게 모르겠다."

"……."

분명히 희망이 생기기는 했다.

하지만 그 빛이 너무 엷어 새벽에 점점 빛을 잃어가는 달의 것과도 같았다.

차라리 몰랐던 게 나았을 수도 있었다.

"그걸 말이라고 해? 그렇게 불확실한데 이 감옥에 제 발로 들어온 거야? 미치겠네."

소여락은 어이가 없었다.

"여기에서 평생 썩어도 별 상관이 없다는 말이야?"

휘인의 말이 사실이면 그는 혈옥을 대수롭지 않게 생각하고 있거나, 그의 인생을 대수롭지 않게 생각하고 있다고 볼 수 있었다.

어떻게 보든 이해할 수 없는 사람이었다.

휘인은 소여락의 물음에 어깨만을 으쓱였다.

"……."

소여락은 바닥에 털썩 주저앉았다. 그녀의 몰골은 초라하기 그지없었다. 예의 그 차갑고 예리한 인상은 사라지고 더럽고 빈약해 보이는 모습이었다.

실제로 휘인 일행의 나머지 인물들도 소여락과 그다지 다른 점이 없었다.

씻지 않아 얼굴에는 기름이 흘렀고, 머리는 그야말로 기름에 꼬여 있었다.

옷이 헤지고 지저분하여 상거지가 따로 없었다.

여기서 또 예외가 있다면 휘인의 모습은 깔끔하기 그지없었다. 옷에 먼지 하나 묻어 있지 않았고, 뒤로 빗은 머리 역시 단정했다.

휘인만 혼자서 옷도 갈아입고 매일매일 씻는 사람 같았다.

물론 사실이 아니었지만 정말 여러 부분에서 괴물 같은 사람이었다.

그때 무엇인가를 곰곰히 생각하던 휘인이 입을 열었다.

"내 느낌상으로는 아마 일 년가량은 갇혀 있지 않을까 싶다."

"……."

일행의 입이 떡하니 벌어졌다.

일 년이라고 함은 지금까지 여기에 있던 시간의 여섯 배나 되었다.

지금도 미칠 지경인데 십 개월을 더 참으라는 말이었다.

아니,

"어떻게 확신하지?"

확실하지도 않은 부분이었다.

"그냥 느낌이다."

"……."

"하압!"

파란 하늘을 향해 얇은 검을 열심히 휘둘러 대는 여인이 있었다. 그녀의 검에는 절도가 있었고, 자세 역시 군더더기가 없는 게 완벽했다. 무엇보다도 그녀의 검무(劍舞)는 아름다웠다. 시전자의 경지가 높았기 때문이라고도 할 수 있었고, 무엇보다도 원초적으로 그녀의 미모가 크게 이바지했다.

퍽!

먼발치에 숨어 침을 줄줄 흘리며 그 광경에 빠져 있던 사내는 뒤통수를 움켜쥐며 바닥을 데구르르 굴렀다. 혈색이 좋지 않았다.

"사내자식이 여인의 자태를 보며 발정난 개처럼 헐떡이면 되겠어?"

"헐떡이다니! 그런 천박한 말을! 천상의 미모를 지닌 선녀의 우아한 자태를 음미하고 있었다고 해줘."

헐떡이라는 단어에 언성까지 높이며 강하게 반발하는 사내였다.

퍽!

반발은 매를 불러오기 마련이다.

"음미? 웃기고 있네. 희 언니 가슴만 뚫어져라 쳐다보는 게 음미냐? 만지는 것만 성희롱이 아니야. 음흉한 눈빛으로 상상하는 것도 성희롱이야!"

"무슨 그런 게 성희롱이냐! 상상할 자유는 누구에게나 있다!"

잠시 묘한 정적이 흘렀다.

그 묘함이 무엇을 대변하는지 깨달은 사내는 황급히 입을 다물었다.

그리고는 여인이 그 사실을 알아차리지 않기를 간절히 빌었다.

안타깝게도 여인은 그렇게 멍청하지 않았다.

"호오~"

여인은 음흉한 미소를 지으며 주먹을 치켜들었다.

"그러니까, 그런 상상을 하고 있었다는 말이지? 희 언니를 성희롱하는 그런 상상을 말이야. 호.호.호."

꼬리가 아홉 개 달린 구미호가 저렇게 웃을까? 여인의 의미심장한 웃음소리에 사내는 몸서리를 치며 벌벌 떨기 시작했다.

여인이 막 사내에게 응징을 가하려던 찰나였다.

"너희들, 또 싸우니?"

사내에게 구세주가 강림했다.

사내는 황급히 구세주의 등 뒤에 숨었다. 구세주는 바로 방금 전까지 검무를 추던, 그러니까 사내의 상상 속 성희롱 대상의 여인이었다.

"누이, 살려주시오. 저 못된 악녀가 나를 산 채로 잡아 먹는다고…… 흑흑."

모르는 제삼자가 봐도 사내가 거짓 눈물을 흘리고 있다는 사실이 뻔했다.

하지만 안타깝게도 상상 속 성희롱 대상(?)은 사내의 편을 들어주기 시작했다.

"령이는 왜 항상 착한 애를 괴롭히는지 모르겠어. 우리 잘 생긴 여휘를 말이야."

세 사람은 다름 아닌 강희, 무여휘, 그리고 독고령이었다.
칠 일이 지나자 세 사람은 어느덧 꽤나 친숙한 사이가 되었
다. 강희가 워낙에 사근사근한 인물이었고, 독고령 역시 꽉
막힌 여인이 아니었다. 그리고 무여휘는…… 여전히 강희를
보며 침을 흘리는 사내였으니 서로 친해지기란 식은 죽 먹기
였다.
　강희가 무여휘의 편을 들자 독고령은 어처구니가 없다는
표정으로 호소했다.
　"언니는 왜 항상 저 변태 놈 편을 들어요! 언니가 몰라서 그
래요. 저놈, 항상 언니를 보면서 침을 줄줄 흘리며 음흉한 생
각을 한다고요!"
　강희는 말도 안 된다는 얼굴로 말했다.
　"우리 여휘가 얼마나 착한데 그런 식으로 말하니? 령이는
은근히 안 되는 말을 지어내면서까지 여휘를 괴롭히더라."
　"……"
　항상 이런 식이었다.
　강희는 자신의 말을 조금도 들어주지 않았다. 사실 그렇게
까지 억울한 일은 아니었다. 자신은 이미 무여휘를 때리고 싶
은 만큼 때렸다.
　그러니까 별 묵은 감정이 없다는 말이다.
　다만,
　'메롱, 약 올라 죽겠지?'

강희의 등 뒤에서 우스꽝스러운 표정을 지어내며 자신을 약 올리는 무여휘는 도저히 참기 힘들었다.

"이익! 너 일로 와. 더 이상 안 참아!"

무여휘에게 달려드는 독고령을 강희가 억지로 떼어놓았다.

독고령은 씩씩대면서 주먹을 휘둘렀지만, 안타깝게도 무여휘는 혀를 쏙 내민 채로 그 주먹질을 모두 피했다. 사람 약 올리는 데는 정말 도가 튼 인물이었다.

"역시 너희들은 같은 곳에서 자라서 그런지 많이 친하구나. 호호호."

"······."

"······."

무여휘와 독고령은 잠시 서로를 마주 봤다.

상당히 진지하게.

그리고는 시선을 교환했다.

'우리가?'

이윽고 그들은 쌓인 감정을 강희에게 토로하기 시작했다.

"친하다고요? 내가, 저 성장도 덜한 어린애를?"

"이익? 저 변태 놈이랑 내가 친해 보여? 나는 저런 놈은 상종도 안 한다고!"

필요 이상으로 반응하며 광분을 하는 둘의 모습을 보며 강희는 피식 웃을 뿐이었다.

자신들의 변론이 씨알도 안 먹히자 왠지 다급해지는 둘이었다.

"믿어줘요. 저는 누이처럼 성숙한 사람하고나 어울려 다니지, 피도 안 마른 어린애와는 눈곱만치도 안 친해요! 난 누이밖에 없다고요."

"나를 저런 천박한 녀석과 친구로 보는 거야? 유유상종이라고, 저런 놈은 변태 놈들이랑만 어울려! 나를 저런 하급한놈이랑 똑같은 수준으로 보지 말아줘. 기분이 살짝 나빠질 뻔했어."

중간에 껴 있는 강희는 사람 좋게 미소만을 지어 보였다.

그들의 일과는 이러했다.

주작단에게 주어진 비무장에서 운동으로 몸의 상태를 유지하는 시간을 제외하고는, 강희를 중심으로 티격태격대는게 독고령과 무여휘의 하루였다.

강희는 그 둘을 보며 한 번 피식 웃고는 다시 비무장 위에 섰다.

'어떻게 하지?'

머리가 복잡할 때, 또는 생각을 정리할 때 시원하게 몸을 푸는 게 그녀의 습관이었다. 이번에 그녀가 집어 든 병기는단검 두 자루였다. 보통 단검에 비해 훨씬 길었지만 그녀는어색함없이 휘두르기 시작했다.

하늘을 향해 발을 한 번 뻗어 차고는 뒤로 한 바퀴를 돌아

단검을 거꾸로 잡은 채 빠르게 휘둘렀다. 그리고는 다시 땅을 박차고 올라 공중에서 뒤돌려 차면서 단검을 내리찍었다.

그녀의 모습에 비무장의 모든 이들이 넋을 놓고 바라보기만 했다.

물론 강희는 사람들의 시선을 신경 쓰기에는 머리가 너무 복잡하게 돌아가고 있었다.

'틈이 없다.'

요 며칠 사이에 강희는 열심히 염탐했다.

얼마나 열심히 했던지, 이제 강희는 신승의 일과를 꿰뚫고 있었다. 물론 그것뿐만 아니라 신승의 습관과 취향까지 모두 파악하고 있었다.

'으윽.'

그때 무엇인가를 떠올린 강희는 표정을 일그러뜨렸다. 물론 그녀의 손과 발은 열심히 허공을 때리고 있었지만, 어딘가 맥아리가 없어 보였다.

'남성에게 취향을 가지고 있을 줄이야.'

그렇다!

신승은 아주 독특한 취향을 가지고 있었다.

보통 남성이 여성을, 여성은 남성을 좋아하는 게 인지상정이었다. 그렇지만 신승은 그런 자연스러운 이치를 따르지 않았다.

대신,

'그 변태 시험관이랑 맨날 같이 다니지.'

하루에 한 시진 정도를 빼놓고는 항상 함께하는 변태 시험관과 신승이었다.

처음에는 친하니까 하루 이틀은 그럴 수도 있다고 생각했는데, 그들은 하루 일과를 공유했다. 하루 이틀 있는 그런 독특한 게 아니었다.

둘이 그렇게 많은 시간을 보내는 건 평생, 그러니까 아마 영원히 존재할 그런, 그들에게 있어서는 일상적인 일이라고 강희는 보고 있었다.

'아니, 확신한다.'

생각에 빠져 있던 강희는 순간 재빨리 몸을 바닥에 밀착시켜야 했다.

휘익.

암기의 일종이 자신을 향해 날아왔다. 그것도 가공할 만한 속도로…….

강희는 자리에서 벌떡 일어났다. 얇게 떠진 눈은 그가 얼마나 화가 났는지를 대변했다.

그녀는 주위를 둘러봤다.

누가 날렸는지를 파악하기 위해서였다.

하지만 모두가 자신에게 시선을 집중하고 있었기에, 좀처럼 파악하기가 쉽지 않았다. 특별히 별난 행동을 보이는 사람도 없었다. 암기가 날아온 쪽을 아무리 살펴봐도 수상한 사람이 없었다.

그때였다.

딱!

"악!"

정체불명의 암기가 강희의 이마를 때렸다. 이마가 살짝 부어오를 정도로 따끔했다.

물론 강희를 괴롭히는 사실은 그게 아니었다.

만약 무엇인가가 날아와 자신의 이마를 때렸다는 건 그 무엇인가를 던진 사람이 자신의 이마 앞쪽에 위치해야 한다.

즉, 자신의 시선이 닿는 부분에서 암기를 던진 사람을 발견할 수 있어야 한다는 말이다.

"……."

그 지극히 상식적인 부분에서 강희의 의혹은 제기되기 시작했다.

딱!

그때 다시 무엇인가가 자신의 이마를 때렸다. 벌써 세 번째. 무엇을 하면 할수록 사람은 내성이 생긴다고 하는데, 강희는 점점 더 큰 고통에 휩싸여야만 했다.

강희는 바닥을 바라보며 자신을 향해 날아온 그 무엇인가의 정체를 밝혀낼 수 있었다.

'돌멩이?'

분명히 작고 매끄러운 검은 돌이었다. 어디엔가 강도가 더 큰 곳에 부딪쳤는지 작은 금이 갈라져 있었다. 크지는 않았지만 눈에는 보일 정도였다.

"누이, 뒤를 조심해요!"

휙!

무여휘의 경고를 받고 나서야 강희는 무엇인가가 쇄도해 들어온다는 사실을 인지할 수 있었고, 즉시 고개를 숙여 그 무엇인가를 피해내었다.

'뒤?'

그때 강희는 깨달았다.

그 돌은 자신의 앞에서 날아온 게 아니었다. 뒤에서 날아온 것이었다.

"……."

'그게 말이 돼!'

상식적으로 누군가가 자신의 뒤에서 이마를 맞히기 위해서 돌을 던졌다고 하면 분명 그 돌은 자신의 뒷통수에 맞아야 한다.

그런데 이마에 맞았다.

그런 게 가능할 리가 없지만 그래도 가능하다는 가정하에서 그 돌의 경로를 추측하자면,

'나를 향해 일직선으로 날아오다가 위로 휘어서 내 머리를 피한 다음에 아래로 꺾은 후, 뒤로 후진해서 이마를 때린다.'

요약하자면, 불가능하다는 뜻이었다.

그런 비상식적인 경로는 자연의 섭리인 중력을 비웃는 행위였다. 특수하게 제작되어 공기와의 마찰로 방향을 자유자재로 꺾을 수 있는 고급 암기가 아닌, 오로지 포물선으로만 날아가는 둔한 돌이 감히 흉내조차 낼 수 없는 그런 행위란 말이다.

강희는 넋이 나간 얼굴로 뒤를 돌아봤다.

수많은 무리가 자신을 향해 시선을 주고 있었지만 강희의 시선을 사로잡는 사람은 한 명이었다. 지극히 수상한 한 명의 노인.

신선풍의 노인이 애써 시선을 돌리며 작은 소리로 휘파람을 부르고 있었다. 마치 자신은 지금 아무것에도 관심이 없으며, 아무 행동도 취하고 있지 않다는 사실을 표현함으로써 그 어떤 오해도 살 여지가 없다고 말하는 듯했다.

물론 강희는 그 노인의 출현 자체에서 의심을 가지고 있었다.

하지만 순간 강희의 표정이 돌변하여 '대노(大怒)' 하게 만든 건 그 노인이 미처 숨기지 못한 '증거물'이 보였기 때문이었다.

바로 작은 돌들이었다.

노인은 두 손에 작은 돌 몇 개를 들고 있었다. 물론 돌을 들고 있다는 것 자체로 그 노인의 혐의를 확신할 수는 없었다. 확신은 했지만 증명은 되지 않는다. 바닥에 있는 돌을 누구나 흔히 들고 있을 수도 있다.

하지만 노인이 들고 있는 건 매끄러운 검은 돌이었다. 자신의 이마를 때린 돌도 매끄러운 검은 돌이었다. 그리고 바닥에 있는 흔한 돌들은 구멍도 적당히 뚫린 황갈색의 돌이었다.

매끄럽기 짝이 없고 황갈색과는 거리가 아주 먼 검은색 돌이 아니란 말이다.

그때 마침 시선을 돌리고 있던 노인이 강희의 시선을 느꼈는지 눈길을 그녀의 쪽으로 돌렸다.

"……."

강희는 어처구니가 없었다.

노인은 마치 '으응? 왜 쳐다보지?' 라는 표정을 짓고 있었다.

거기에서 끝이 아니었다.

혹시나 그녀가 자신을 보는 게 아니고 주위의 다른 사람을 쳐다보는 게 아닌지 좌우를 살펴 친히 확인하는 모습까지 재현했다.

강희는 노인에게 씨익 웃어 보였다.

그러자 노인도 씨익 웃으며 화답한다.

강희는 이마에 솟는 힘줄을 손가락의 끝으로 애써 눌러 없애려 했다.

그녀는 노인의 손 쪽으로 시선을 한 번 내리고는 다시 그의 얼굴을 쳐다봤다.

그제야 노인은 자신의 손 쪽으로 시선을 돌렸다.

"……."

노인은 '혼례를 올린 당일, 외간 여자와 바람을 피다가 현장에서 장모를 만난' 그런 얼굴로 기겁하며 호들갑을 떠는 모습에 강희는 차마 웃으려고 해도 어처구니가 없어 웃지 못했다.

이윽고 상황을 어떻게든 무마해 보려는 노인은 마치 손에 아무것도 없었다는 얼굴로 최대한 자연스럽게 손을 등 뒤로 돌렸다.

"……."

그리고는 자신의 사건 정리 능력에 감탄하여 흐뭇한 미소를 지어 보이는 노인. 강희는 그런 노인을 보며 어떻게 이 일을 처리해야 할지 생각조차 나지 않았다.

이렇게 발뺌을 해서는 이 혐의에서 벗어날 수 없다는 결론을 낸 듯한 얼굴을 한 노인이 갑자기 돌 하나를 든 오른손을 그녀에게 보여주었다.

"……?"

무슨 짓을 하는지 지켜나 보자는 심산으로 강희는 노인의 행동 하나하나를 눈에 담았다.

그때 노인은 검지와 엄지로 돌을 그녀 쪽으로 튕겼다.

그렇다.

던진 것도 아니고 튕겼다.

돌을 던지는 것과 튕기는 것에는 아주 크나큰 차이가 있었다.

바로 그 세기에서 차이가 확연히 드러난다.

만약 돌을 던지면 그 돌은 팔의 근력과 손목의 힘에 의해 날아가게 된다. 때로는 몸의 적당한 회전이 더 큰 힘을 보태기도 한다.

반면에 손가락으로 튕기는 건 오로지 검지의 힘으로 이루어진다. 튕기기 위해서는 검지와 엄지 모두가 필요하지만, 튕겨지는 절차에서 엄지는 그 매개물을 받쳐 두는 역할만을 수행하기 때문에 실질적으로 매개물이 날아가는 힘은 검지에서 온다고 볼 수 있었다.

그 차이를 잘 아는 강희는 코웃음을 치며 노인을 비웃었다.

하지만 그 비웃음은 오래가지 않았다.

강희는 그녀의 두 눈을 믿을 수 없었다.

"……!"

갑자기 일직선으로 날아오던 돌이 없어졌다. 그 사실을 알아차린 그때!

딱!

무엇인가가 그녀의 뒤통수를 세게 때렸다. 물론 그 무엇인가는 분명 돌이었다.

강희는 뒷골이 크게 흔들리는 느낌과 함께 바닥에 풀썩 쓰러졌다. 골이 흔들리는 느낌은 결코 유쾌하지 않았다. 정신을 혼미하게 하고 온몸에 힘을 앗아갔다. 조금만 그 세기가 강했더라면 아마 의식까지 잃었으리라.

쾅쾅!

웅장한 소리가 그녀의 귀를 때렸다. 실제로 그 소리는 '뚜벅뚜벅' 걸어오는 소리였지만, 정신이 혼미한 상태에서 바닥에 닿아 있는 귀가 수신한 음파는 쾅쾅에 가까웠다.

강희는 멍하니 뜬 눈으로 세 명의 노인을 볼 수 있었다.

'어어?'

이상하게도 그 세 명의 노인은 온몸이 흐릿흐릿했다. 반투명한 것처럼……. 물론 이상한 점은 그것으로 끝이 아니었다. 신선풍에 느끼한 미소를 띠고 있는 그 모습이 모두 똑같았다. 그러니까 세쌍둥이라고 볼 수도 있었지만, 세쌍둥이보다는 동일 인물에 가깝게 느껴졌다. 그 세 노인은 모습만 똑같은 게 아니라 행동도 똑같이 했다. 눈 깜빡이는 순간도 같았고, 허리를 굽혀 바닥에 떨어진 돌을 줍는 것도 똑같았다.

'똑같은 사람이잖아!'

강희는 고개를 강하게 흔들어 대충 정신을 차렸다. 뒤통수에는 사혈도 있었지만 정신을 혼미하게 하는 혈, 그리고 단번에 의식을 잃게 하는 혈도 있었다. 뒤통수가 왜 뒤에 있는지 깨달은 강희는 몸을 추슬러 자리에서 일어났다.

"이 돌이 비록 이렇게 작아도 상당히 단단하오."

이 세상에서 다시는 보고 싶지 않은 사람이 자신의 앞에 떡하니 나타나 설명을 하기 시작하자 강희는 다시 고개를 세차게 저어 정신을 차리려고 했다. 혹여나 꿈이면 깨어나기를 바라는 이유에서였다.

물론 꿈이 아니었으니 깨어날 그런 상태가 아니었다.

그 와중에도 노인의 설명은 이어지고 있었다.

"적당한 힘과 요령을 가미하면 이 작은 돌은 바위에도 홈집을 낼 수 있소."

"그게 나랑 무슨 상관이에요!"

지금까지 이 변태 시험관에게 당한 것을 생각하면 강희의 신경질적인 음성은 아주 이해가 잘 갔다.

노인은 그런 강희의 태도에도 아랑곳하지 않고 인자한 음성으로 설명을 이었다.

"아참, 돌에 맞은 소저는 괜찮소?"

갑자기 뜬금없이 자신을 걱정해 주는 노인의 행동에 강희는 콧방귀를 꼈다.

"병 주고 약주는 거예요? 약이 필요할 정도로 아프지 않으니까, 제발 내 눈에서 사라져 줘요."

노인은 사람을 귀찮게 하는 데 타고났다. 물론 보기만 해도 짜증나게 하는 능력도 덤으로 갖고.

"이야~ 거참, 대단하지 않소?"

아주 위험하다는 신호가 계속해서 강희의 뇌리를 때렸다. 하지만 그 이유를 알 수 없는 그녀였다. 물론 별로 알고 싶지도 않았다.

"뭐가 대단해요!"

원인 모를 불안감은 그녀의 까칠하고도 큰 음성으로써 표현되었다.

이제 막 자신의 일을 보기 위해서 돌려진 주변의 시선이 다시 집중되는 순간이었다.

노인은 대답을 하기에 앞서 뜸을 들였다.

강희의 이마에 식은땀이 흐르는 순간이었다.

"큰 바위에도 홈집을 낼 수 있는 이 작은 돌이 소저의 머리에는 오히려 산산조각 나는 게 대단하지 않냐는 말이었소."

"……."

노인의 농담에 무리의 웃음소리가 울려 퍼졌다.

강희는 또 한 번 노인에게 당했다는 생각에 온몸을 부르르 떨었다.

거기에서 끝이 아니었다.

노인은 친절하게도 집어 든 그 돌을 두 손가락으로 쉽게 부숨으로써 그녀의 두개골의 단단함을 무리에게 증명까지 해주었다.

강희는 어이가 없었다.

살짝 금이 가 있기는 했지만 노인은 그 돌을 검지와 엄지만으로 산산조각을 내어버렸다.

엄청난 손가락의 힘이었다.

"......!"

그때 노인이 왜 그런 행위를 했는지 눈치 챈 강희는 어떻게든 사태를 수습하려 주위를 바라보았다.

안타깝게도 사태는 수습할 수 있는 범위가 아니었다.

무리의 웃음소리가 점차 잦아들고 있었다. 돌이 산산조각 난 장면에 모두가 놀란 것이었다. 물론 순수하게 두 손가락의 힘으로 부쉈다는 사실을 아는 강희와는 조금 다른 의미에서 놀란 얼굴들이었다.

"......"

강희는 앞으로 벌어질 일이 눈에 선했다. 그녀는 눈을 찡그리며 감았다.

차마 지켜볼 수가 없었다.

―노인의 농담인 줄 알았는데, 정말 돌머리인가 봐!
―그러게. 돌이 저렇게 산산조각이 나다니!
―어떤 수련을 했으면 저렇게 머리가 단단할까?

강희는 모든 이들의 대화를 들은 것은 아니었지만, 대체적으로 이런 종류의 말을 나누고 있었다. 그 멀쩡한 돌을 노인이 그의 힘으로 산산조각 냈다고 감히 추측하는 이도 없었다.

"……."

강희는 할 말을 잃었다.

하루아침에 돌머리 녀(女)로 전락했다.

바닥에 털썩 주저앉은 강희는 인생무상한 눈으로 하늘을 올려보았다.

이 웃지도 못할 사태에 강희는 중대한 인생의 진리를 깨달았다.

'진실은 오로지 소수의 것이다. 그렇기에 고통스럽다.'

뻥하니 뚫린 하늘이 강희의 갑갑한 가슴을 시원하게 해주는 유일한 매개였는데, 그 매개를 가려 버리는 인물이 있었다.

바로 신선풍의 외모와 절대로 어울리지 않는 변태적인 성격을 지닌 바로 그 시험관이었다.

"그대의 눈은 낮에나 밤에나 항상 매력적이오."

노인은 눈 하나 깜빡이지 않고 그런 느끼한 대사를 그 특유의 느끼한 음성으로 또박또박 말하고는 자취를 감췄다.

"……."

충격적인 발언에 강희는 경직된 얼굴로 한참의 시간을 보내었다.

'미쳤나?

물론 노인에게 제대로 된 뇌 구조를 지니고 있지 않다는 사실을 알고는 있었지만, 방금 전의 발언은 그녀의 의혹을 증폭시켰다.

문득 의문이 하나 생긴다.

'내 눈을 밤에 봤어?'

낮에나 밤에나 매력적이라는 말은 낮에도 밤에도 자신의 눈을 본 적이 있다는 말이다.

그런 사소한 부분에까지 그녀가 신경을 쓰는 이유는, 다행히도 지금껏 저 변태 시험관을 밤에 만난 적이 없다. 물론 자신은 그를 본 적이 있었다.

신승을 염탐할 때 항상 저 변태 시험관이 붙어 있었기에 낮이고 밤이고 항상 그를 봤지만, 반대로 저 변태 시험관은 자신을 본 적이 없었다. 지금껏 단 한 번도 만난 적이 없……

"……!"

없지 않았다.

단 한 번.

눈이 마주친 적이 있었다. 하지만 강희는 그 마주침을 우연이라 생각했다. 그 거리가 너무도 멀어 육안으로는 절대 눈을 볼 수가 없었다. 아니 자신이 숨어 있었기에 위치를 들켰을 리도 없었다.

'들켰나?'

하지만 시험관이 갑자기 그런 말을 꺼낸 게 수상했다. 그의 눈빛도 수상했고, 행동은 더욱 수상했다.

생각해 보면 눈을 마주쳤을 때 분명 그 노인이 그 사실을 인지한 것도 같았다.

"......!"

그렇다면 그 노인은 자신이 신승과 그를 염탐했다는 사실을 알고 있다는 말이 되고, 그녀의 대의에 대대적인 수정을 필요로 한다는 말이 된다.

'아니야. 내 착각이겠지.'

강희는 고개를 강하게 저어 그 사실을 전면 부정했다. 그럴 가능성은 없었다.

'내가 무슨 생각을 하고 있는 거야.'

사실 정신이 나간 변태 시험관의 말에 무게를 두고 깊게 생각하는 자신이 이상했다. 정작 상대는 아무런 의미도 없이 그냥 한 말일 수도 있다.

따지고 보면 그냥 자신의 눈이 너무도(?) 아름다워(?) 과장법으로 그렇게 말한 것일 수도 있다.

그렇게 생각하고 나자 마음이 편해지는 강희였다.

하지만 그와 즉시 새로운 불안감이 그녀를 자리 잡았다.

'그렇다면 날 좋아한다는 말!'

뜬금없이 나타나 자신에게 장난을 치고 나서 하는 말이 '그대의 눈은 낮에나 밤에나 항상 매력적이오'라고 말하고 나서 유유히 사라진다.

이건 분명히 고백이었다.

"……!"

강희는 바닥을 데구르르 구르면서 그 사실 역시 강하게 부정했다.

만약 그런 변태가 매일 나타나서 그런 느끼한 말을 해대며 구애를 한다고 생각하면…….

'죽여 버릴 거야.'

그런 생각을 하기만 해도 살기가 무럭무럭 피어올랐다.

아직도 그의 음흉한 시선이 잊혀지지 않았다.

강희는 자리에서 털고 일어섰다. 음흉한 노인이 자신을 엿보고 있을지도 모른다는 생각에 그녀는 가만히 있을 수 없다는 결론에 도달했다.

'자나 깨나 몸조심.'

생각을 정리하던 강희는 또다시 불길한 의심에 몸서리를 쳐야 했다.

'그런데 만약 정말로 저 변태가 염탐하고 있던 나를 발견했다면?'

변태 시험관이 무슨 생각을 하고 있는지는 정말 추측도 할 수 없었다. 정말 운이 나쁘다면 변태 시험관은 자신을 의심하고 있을 수도 있다.

'당분간은 조심해야겠어.'

가능성은 낮았다.

하지만 암살이란 불길한 느낌만 들어도 대의를 포기해야 할 정도로 조심스러운 작업이었다.

"휴우……."

강희는 무리들이 흘끔흘끔 자신을 쳐다보며 피식 웃는 모습에 한숨을 쉬었다.

'기회가 된다면 변태 시험관도 죽여야 되겠어.'

물론 기회가 되면…….

지금으로서의 강희는 자중해야 했다.

'휘인은 무엇을 하고 있을까?'

문득 든 생각이었다.

뇌운비가 그를 혈옥에서 풀어줬을까?

'쉽지 않을걸?'

이미 강희는 일전에 무림맹에 침입했을 때 호기심에 혈옥의 구조를 한 번 본 적이 있었다. 휘인의 계획을 이미 알고 있었기에, 손쉬운 방법이었으면 자신이 직접 그를 탈옥시켜 줄 생각이었다.

물론 강희는 그렇게 하지 않았다.

아니, 못했다.

혈옥의 구조와 그 문을 여는 절차는 생각보다 복잡했다. 들어가는 건 손쉽지만 빠져나오는 방법이 훨씬 어렵다는 말이다.

'내 일만으로도 벅찬데 뇌운비의 일까지 고민해 줄 필요는

없겠지.'

물론 휘인의 탈옥은 지금의 상황을 봤을 때는 뇌운비의 일
이었다.

제6장

비밀세력(秘密勢力)

　오죽(烏竹)으로 빽빽한 죽림은 다른 죽림과는 그 분위기가 달랐다. 은은한 빛이 들어 조금은 상쾌한 느낌이 드는 녹죽림과는 달리 오죽림은 불쾌한 느낌을 자아내었다.

　까마귀까지 까악까악대며 우는 게 불안감까지 고조시킨다.

　오죽림에서 유일하게 오죽이 빽빽하지 않은 부분에는 작은 정자(亭子)가 세워져 있었다. 정자는 오래된 만큼 고풍스러운 멋이 있었지만, 그 안을 밝히는 불빛은 작은 등잔 하나밖에 없는 만큼 은밀한 분위기를 풍겼다.

　오죽림의 정자에는 세 사람이 앉아 쉬고 있었다. 그들은 한

없이 여유로운 얼굴로 오죽 이외에는 볼 것도 없는 경치를 음미하고 있었다.

그중에 한쪽 눈에 일자 흉터가 세로로 나 있는 초로의 노인이 입을 열었다.

"나머지는 어디에 있지?"

안전 가옥에 모이기로 한 이들은 총 칠 인이었다. 이곳에 있는 인물들이 세 명이었으니, 아직 네 명이 오지 않은 셈이었다.

초로의 노인의 물음에 키가 사춘기 이전의 소년만큼이나 작고 왜소한 노인이 답했다.

"나올 수 없는 상황에 있기 때문에 나오지 말라고 지시했습니다."

"흐음……."

초로의 노인은 불편한 기색으로 긴 턱수염을 쓰다듬었다.

"일의 진행 상태를 보고하도록 하게."

그들은 정규적으로 만나 각자 벌이고 있는 일에 대한 진행 상태를 보고하도록 되어 있다. 오늘이 바로 그 정규적으로 만나는 날이었다.

"대체적으로 별 문제는 없습니다. 다만 임원들의 이동이 조금 있었습니다. 아이 하나가 위치를 이탈하고 부득이 하게 북해빙궁으로 옮겨야만 했습니다. 그렇기에 북해빙궁에는 현재 두 사람이 잠입해 있습니다."

한 사람이 완벽하게 그 세력에 흡수되기 위해서는 그 세력에서 원하는 일들을 몇 가지 해결해 주어 신뢰를 얻어야 한다. 그 과정에서 어쩔 수 없이 그 사람이 이동되는 일도 있기 마련이다.

"그럼 무림공적에게는 한 명이 남았다는 말이군?"

"그렇습니다."

그때, 지금까지 아무 말도 하지 않던 뼈가 앙상한 사내가 누런 이를 보이며 입을 열었다.

"왜 애초에 그런 애송이에게 두 명의 인재를 보냈는지 이해하지 못하겠습니다. 손 한 번 까딱이면 죽일 수 있는 애송이에게 너무 신경을 쓰는 게 아닌가 싶습니다."

초로의 노인은 대노하며 들고 있던 오죽 지팡이로 중년인의 볼을 후려쳤다.

퍽!

날카로운 부분도 없었는데 살점이 보기 좋게 떨어졌다. 둔탁한 소리와는 다르게 날카로운 솜씨였다.

"의문을 제기한다는 건 나에게 신뢰가 없다는 말이 된다. 지금껏 신뢰를 깰 만한 행동을 하지 않았거늘, 자네가 의혹을 보인다?"

바람조차 없는 고요한 정자 내에 등잔불이 희미하게 흔들렸다.

"내 권위에 도전한다는 뜻으로 받아들여도 되나?"

무미건조한 음성에는 범접치 못할 위압감이 서려 있었다. 초로의 노인의 몸에서 넘쳐 나오는 살기에 중년인은 이빨이 딱딱거릴 정도로 심하게 떨었다.

"아, 아닙니다. 죄, 죄송합니다."

알아들을 수 없을 정도로 말을 떨며 겁에 질린 모습을 보이자 초로의 노인의 노기가 잦아들었다.

"비(飛)."

초로의 노인이 지목한 이는 키가 작고 왜소한, 보고를 하던 노인이었다.

"예!"

"나머지 임원들은 제 역할을 잘 수행하고 있나?"

"혈궁, 소림사, 무림맹, 북해빙궁에 잠입한 인원들은 지금까지 해왔던 것처럼 임무를 잘 수행해 내고 있습니다. 그렇지만……."

비라 호명받은 인물의 표정은 편치 못했다.

처음의 자신감도 줄어든 모습이었다.

초로의 노인이 그의 말을 대신 이어주었다.

"마교가 빠졌군. 그에게 무슨 일이 있었나?"

비는 대답하기를 꺼려하는 듯했다.

하지만 하기 싫다고 해서 하지 않을 수는 없는 법. 그는 어렵게 입을 열었다.

"일종의 살수 안가에 잡혀 있습니다."

"누군가가 그를 납치했다는 말인가? 그가 아직도 살수 안가에 있다는 건 자네가 그 안가를 아직 못 찾았다는 말이지?"

비는 어느새 벌벌 떨고 있었다.

물론 그가 떠는 이유는 지극히 타당했다.

으득!

이번에도 어김없이 초로의 노인의 지팡이가 휘둘러졌다. 이전에 휘둘러진 건 살을 베기 위해서였다면, 이번에 휘둘러진 건 뼈를 부러뜨리기 위해서였다.

깨끗하게 뼈가 부러지면 금세 더욱 단단하게 붙는다는 장점이 있지만, 초로의 노인은 그렇게 자비롭지 않았다. 뼈가 으스러진 것으로도 모자라, 힘줄까지 짓이겨 일 년은 족히 못 쓰게 만든다.

이번처럼…….

"크윽!"

그 고통은 쉽게 참을 수 없었다. 특히 초로의 노인은 지팡이로 뼈가 으스러진 부분을 계속해서 문지르는 악취미가 있었기에 비의 신음은 계속해서 이어졌다.

한참을 지나서야 그의 신음은 멈췄다.

"어떻게 그런 일이 있을 수가 있지?"

추적술에 있어서는 비만큼이나 뛰어난 이가 없었다. 그 어떤 살수 안가도 찾아낼 수 있다. 이번 역시 마찬가지였지만 비는 현재 많은 임무를 수행하고 있어 전력을 쏟지 못해 안가를 찾아내는 시점이 늦어지고 있었다. 물론 초로의 노인은 그 사실을 잘 알고 있었다. 초로의 노인에게 자비를 바라는 건 사치였다.

"죄송합니다. 무림공적이 손을 썼다고 합니다. 어쩌면 죽 었을지도 모른다고 보고에 쓰여 있었습니다."

으득!

"크윽!"

이번에는 그의 반대쪽 팔이 짓이겨졌다. 단번에 그는 두 팔 을 못 쓰게 되었다. 그리고는 지팡이로 무자비하게 문지르는 후폭풍이 이어졌다.

비의 팔을 불구에 가깝게 만드는 행위를 하면서도 초로의 노인의 얼굴은 변하지 않았다. 즐기지도 않았고, 그렇다고 슬 퍼해하지도 않았다.

말 그대로 벌을 내리는 것이다.

감정을 배제한 채로, 정당하게.

"죽었을지도 모른다? 불확실한 정보는 정보가 아니다. 죽 었다면 시체를 찾아오고, 살아 있다면 새로운 임무를 줘라. 알겠나?"

"알겠습니다."

비는 억지로 고통을 삼키고 있었다.

그의 고통이 역력하게 드러남에도 불구하고 초로의 노인 은 얼굴 하나 변하지 않고 시선을 돌렸다.

"낙(落)!"

볼에서 피가 흘러 옷이 붉게 젖은 중년인, 낙이 호명을 받았다.

"예!"

"현재 무림공적의 동태는 어떠한가?"

"신승에게 항복하여 혈옥에 들어간 이후 아무런 움직임도 없습니다."

사실 혈옥에 들어갔다는 것 자체로도 움직임이 봉쇄되었다고 볼 수 있었다.

"흐음, 그들이 빠져나올 확률은?"

"혈옥에는 오로지 들어갈 방법만 있습니다. 그들이 나오기 위해서는 신승만이 알고 있는 절차를 필요로 합니다. 신승이 그들을 꺼내줄 리도 만무하고, 실질적으로 신승 역시 무림맹에 다시는 발을 못 디딜 것이니 그들은 나올 수 없습니다."

초로의 노인은 묵묵히 고개를 끄덕였다.

"그렇다면 그들은 봉쇄된 셈이군. 수월해지겠어."

십 년 묵은 체증이 사라진 얼굴로 말하는 노인의 모습에 낙이 이의를 제기한다.

"아이를 빼낼 계획을 세워야 하지 않겠습니까?"

붕어는 미끼에 현혹되어 입이 헐리는 고통을 겪고 나서도 돌아서고 나면 다시 미끼에 달려든다. 그런 점에서 낙은 붕어와 비슷했다.

퍽!

낙의 반대쪽 볼 살이 떨어져 나갔다. 피를 필요 이상으로 쏟아낸 낙은 정신이 혼미해짐을 느꼈다. 그렇지만 정신의 끈을 놓지 않았다.

초로의 노인 앞에서 정신을 잃는다는 건 곧 죽음을 뜻했다.

"계획은 내가 세운다. 알겠나?"

감정이 담기지 않은 어조였지만 낙의 혼을 빼놓기에는 충분했다.

"알겠습니다."

"무림공적의 움직임이 봉쇄되었으니 그것으로 족하다. 두 명 중 한 명이라도 건졌으니, 남은 아이가 어떻게 되었든 상관없다."

비는 안쓰러운 눈으로 낙을 쳐다봤다.

비는 낙이 얼마나 '그 아이'를 아꼈는지 잘 알고 있었다. 정식적으로 사제지간을 맺지는 않았지만, '그 아이'와 그는 사제지간이나 마찬가지였다. 현장에 투입된 지 몇 년 지나지 않아 마교의 요직을 꿰찬 다재다능한 아이였다.

정이란 눈을 씻고 찾아봐도 발견할 수 없는 낙을 녹인 아이였다.

비는 그 결과를 알면서도 초로의 노인에게 의문을 제기한 낙의 심정을 이해할 수 있었다.

"비!"

그때 비가 호명받았다.

"예!"

"마교로 간다. 최단 기간 안에 잠입할 수 있기를 바란다."

현재 마교에는 아무런 끄나풀이 없었다. 그렇기에 새로이 끄나풀을 만들려는 것이었다. 비는 현장에 투입되기보다는 관리직을 맡고 있었지만, 그는 충분히 제 역할을 해낼 수 있기에 초로의 노인은 그를 시킨 것이다.

게다 마교였다.

약육강식, 강자존의 세계. 약간의 준비와 함께 가면 단시간에 요직을 차지하기란 불가능하지 않았다.

"알겠습니다!"

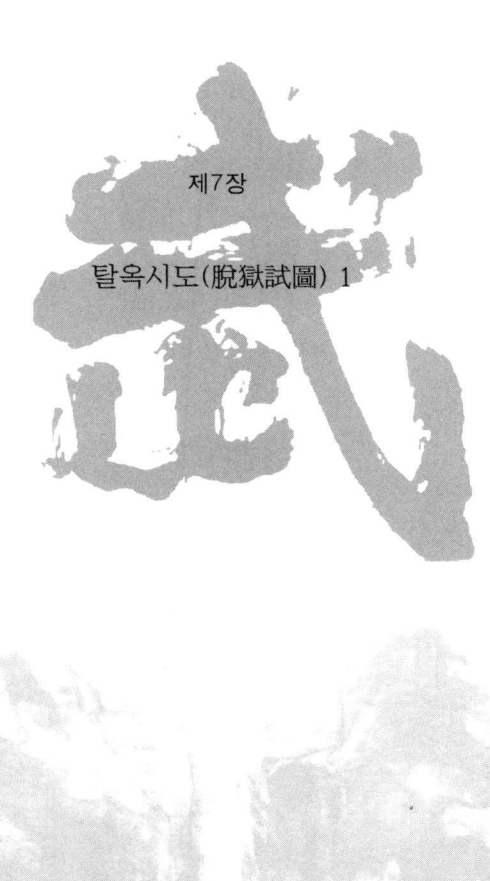

제7장

탈옥시도(脫獄試圖) 1

  혈옥 자체에서 뿜어지는 은은한 빛을 받으며 움직이는 세 인영이 있었다. 그들의 안색은 파리했고, 핼쑥하기 짝이 없었다.

  절박하게 희망을 찾는 그런 자들의 얼굴이었다.

  그들은 바로 임홍, 소여락, 곽소천이었다. 휘인처럼 차마 세상에 대한 욕망을 버리지 못하고 희망을 좇아 그들은 혈옥의 곳곳을 둘러보기 시작했다.

  물론 혈옥의 중심, 염옥은 탐방 대상에 속하지 못했다.

  약 칠 일간 혈옥을 탐방한 결과, 그들은 혈옥의 구조를 대강 알 수 있었다.

혈옥은 약 천 개의 작은 동굴이 이어진 아주 큰 암혈이었다. 염옥을 중심으로 일곱 갈래로 길이 이어져 있으며, 그 길에 따라 좌우로 동굴이 위치해 있었다. 일곱 갈래 중 두 갈래를 혈괴의 무리가 점령하고 있었고, 그 부류에 속하지 못한 자들이 다른 한 갈래에 무리지어 있었다. 마지막으로 정신이 피폐하기 그지없어 어디에도 속하지 못하고 홀로 지내는 수옥자들도 곳곳에 보였다.

간혹 부려먹으려고 위협하는 이들도 있었지만, 안타깝게도 그들은 운이 좋지 못했다.

내공이 없어도 별 차이는 없겠지만, 그 세 명은 모두 내공을 회복한 상태였다. 소여락에게 덤빈 녀석들은 깨끗하게 두 동강이 났고, 임홍에게 걸린 자는 허리가 반으로 접혔다. 그나마 곽소천은 살짝 자비를 보여 두 팔, 두 다리를 절단했다.

정확하게 십 일째가 되자 그들은 출발했던 위치에 다시 도착하게 되었다.

혹시나 해서 둘러봤던 혈옥에 아무런 희망이 없자 그들은 지옥문이나 다름없는 혈옥의 입구 앞에 털썩 주저앉았다.

"여기에 더 있다가는 미칠 거다."

임홍의 눈은 붉게 충혈되어 있었다. 그의 역동적인 근육도 오늘만큼은 맥아리가 없어 보였다.

"잘됐네. 이제 평생 여기에 있을 텐데, 최대한 빨리 미치는 게 정신 건강상 좋을 거야."

소여락의 목소리는 유난히 신경질적이고 음의 영역이 높아 귀를 괴롭혔다.

"……."

곽소천은 무엇인가 말을 하려다가 말았다. 어차피 말을 해봐야 상황이 나아질 리도 없고, 기력만 쇄진해진다. 그 사실을 아는 곽소천은 임홍이나 소여락보다는 현명하다 볼 수 있었다.

임홍과 소여락은 몇 번을 더 티격태격하다가 결국에는 지쳐 바닥에 드러눕게 되었다.

자신들이 이런 꼴에 처하게 될 줄 꿈엔들 알았으리.

그때였다.

뚜벅뚜벅.

일행을 향해 걸어오는 사람은 바로 휘인이었다. 혹여나 그가 핀잔을 줄까 싶어 세 사람은 즉시 고개를 돌렸다.

휘인은 그런 그들을 보며 보일 듯 말 듯한 미소를 보였다.

"왔다."

세 사람은 멍하니 휘인을 올려봤다.

"잘 왔어."

"누가 뭐래?"

"……."

반응은 가지각색이었다. 뜬금없이 왜 휘인이 왔다는 인사를 하는지 몰라도 어쨌든 인사를 받아주는 임홍, 까칠한 소여락, 그리고 신경도 안 쓰는 곽소천.

물론 휘인은 인사를 하기 위해서 온 게 아니었다.

"누군가가 왔다."

스르르르.

혈옥의 문이 스르르 열리기 시작했다.

세 사람은 벌떡 일어나 희망에 찬 눈으로 혈옥의 문이 열리는 광경을 지켜봤다.

꿀꺽.

참으로 긴장되는 순간이었다.

진천악은 거의 한 달간을 헤매어 혈옥의 입구를 찾을 수 있었다. 마교도들은 생각 외로 경계가 허술했다. 북해빙궁과 임시 무림맹 지부가 멀다는 사실과 대의를 거의 달성했다는 생각에 그들은 상당히 정신이 해이한 상태였다. 게다 무림맹의 구조를 진천악만큼이나 모르는 그들이기에 어디를 정확하게 지켜야 하는지 모르고 있었으니, 진천악이 무림맹을 편하게 수색하기에는 충분히 경계가 허술했다.

진천악은 혈옥의 입구 앞에서 이틀간을 고민해야 했다.

'어떻게 열지?'

혈옥의 입구는 찾았으나 여는 방법은 조금도 모르는 진천악은 그야말로 멍하니 입구만을 바라봐야 했다.

결국 진천악은 새로운 작전이 필요했다.

'무림맹주실에 가보면 알 수 있을까?'

지난 이틀간 진천악은 자신이 해볼 수 있는 일을 모두 다 해보았다. 혹시나 특수한 장치를 누르면 열릴지도 몰라 이것 저것 울퉁불퉁하게 나온 것은 다 눌러봤다.

울퉁불퉁한 것을 모두 눌러보는 가운데 진천악은 혈옥의 문에서 독특한 장치를 발견할 수 있었다.

마치 열쇠가 들어가는 홈 같았다.

'열쇠!'

그때부터 진천악은 혹시나 누가 열쇠를 떨어뜨려 놓지는 않았을까 싶어 틈새라는 틈새는 모두 찾아봤다. 물론 열쇠는 없었다.

'혹시 신승이 그 열쇠를 가지고 있으면 어떻게 하지?'

혈옥의 열쇠를 무림맹주실 같은 곳에 아무렇게나 놓지는 않을 것이다. 가장 안전한 곳은 물론 자신의 품 안이었다. 그렇기 때문에 신승 본인이 가지고 있을 확률이 지극히 높았다.

'젠장, 그럼 무림맹 임시 지부까지 숨어 들어가야 한다는 말이야?'

진천악은 자신이 왜 이런 상황에 맞닥뜨리게 되었는지 회의감을 느꼈다.

그러다 문득 깨달았다.

'화린!'

이 모든 게 화린을 위해서였다.

그러다 또 다른 새로운 사실을 깨달았다.

'이 휘인이라는 작자를 찾는 거랑 화린이 어디 있는지 아는 거랑 무슨 상관이지?'

"......!"

그렇다.

아무런 상관이 없었다.

그럼 왜 자신이 사서 이런 고생을 한단 말인가!

진천악은 바로 뒤로 돌아 혈옥을 나서기 위해 발걸음을 성큼성큼 옮겼다.

그리고 또다시 깨달았다.

'내가 그녀를 찾을 수 없으니까 다른 이에게 도움을 청하기로 했고, 그녀와 유일하게 이해관계를 갖고 있는 자가 휘인이었고, 그는 꽤나 뛰어난 인물이기에 내가 찾아온 거였지.'

"휴우……."

진천악은 한숨을 쉬며 다시 뒤를 돌아 혈옥의 문 앞으로 다가섰다.

대충 명분은 정리했는데, 다른 문제가 하나 있었다.

'도대체 이 혈옥의 문을 어떻게 여냐고요.'

혈옥의 큰 문이 새삼스럽게 자신을 위축시켰다.

"......!"

진천악은 은사(銀絲)를 손가락에 끼워 들었다. 그리고는 천천히 뒤를 돌아보았다.

'엄청난 존재감!'

자신의 천잠사를 저절로 긴장하게 만드는 엄청난 위압감에 진천악은 식은땀을 흘렸다.

이 무림에 나와 만난 이들 중에 가장 강한 이라고 진천악은 장담할 수 있었다.

"······!"

진천악은 그 상대가 빼어난 미남이라는 사실에 놀랐고, 그의 날카로운 눈매에서 감당하기 힘든 살기가 쏟아진다는 사실에 더욱 놀랐다. 부잣집의 귀한 도련님과 같은 외모에서 믿어지지 않을 정도로 싸늘한 냉기가 느껴지는 듯했다.

"넌 누구지?"

그의 예리한 시선이 진천악을 훑기 시작했다.

뇌운비.

뇌운비가 진천악을 만났다.

뇌운비는 혈옥에 관한 문서를 통해 혈옥의 위치를 쉽게 찾을 수 있었다. 혈옥의 문을 향해 걸어가면서 뇌운비는 저절로 기를 주먹에 집중하는 자신을 발견할 수 있었다. 누군가가 자신의 앞에 있었다.

이 혈옥에 이르는 길에는 자신만 있는 줄 알았는데, 불청객이 있는 모양이었다.

"넌 누구지?"

상대는 소년과 같은 초롱초롱한 눈망울을 가진 남자였다. 긴 다리에 비해서 어깨가 좁다는 흠이 있었지만 호감이 가는 인상의 사내였다. 물론 뇌운비에게 호감을 바라기는 무리였지만.

'문지기인가?'

그러고 보니 그 무시무시하다던 혈옥에 문지기 한 명 없는 게 더 이상하다고 할 수 있었다.

'하지만 저런 놈이 여기에 앉아 문지기나 한다고?'

그를 훑어보면 볼수록 주먹에 힘이 집중된다. 저절로 암신(暗神)의 상태를 발동시킬 뻔했다. 아니, 시키려고 했다. 인형설삼과 적당한 깨달음 덕분인지 암신의 상태를 한 시진 가량이나 유지시킬 수 있었다.

한 시진이면 눈앞의 애송이 정도는 빈대떡을 부쳐도 수십 개는 부쳤다.

"알 필요는 없겠지. 흐읍!"

그때였다.

뇌운비의 눈동자가 사라져 눈에는 오로지 흰자위밖에 보이지 않았고, 근육이 살짝 부풀려졌다. 무엇보다도 그의 머리카락은 중력을 무시하는지 하늘을 향해 일렁거리고 있었다

"크크큭, 처음으로 내 온 힘을 사용해 볼 기회가 생겼어. 실망시키지 않도록!"

주먹에서 폭풍과도 같은 기세로 뿜어져 나오는 암흑신기에 진천악은 열 손가락을 빠르게 놀려 천잠사를 펼쳤다. 순식간에 그 천잠사는 촘촘한 그물망을 구성했고, 뇌운비의 주먹을 정면으로 받았다.

놀랍게도 그 그물망은 뇌운비의 주먹을 잠시 동안 밀어내는 듯했다.

물론 잠시뿐이었다.

"이깟 실로 내 주먹을 막을 수 있다고 생각하냐?"

펑!

뇌운비의 주먹에서 터져 나온 폭발과 함께 천잠사로 이르어진 그물망은 힘없이 해체되었다. 뇌운비는 만족스러운 미소를 지어 보였다.

"하아, 어떠냐!"

그때 뇌운비는 놀라운 사실을 깨닫게 되었다.

"……"

자신의 앞에 있어야 할 진천악이 없었다. 그제야 뇌운비는 그 그물망이 자신의 시야를 가려 그를 놓칠 수밖에 없게 만들었다는 사실을 깨달았다. 그리고 그 그물망은 버겁다고 여겨질 정도로 튼튼했다.

"……!"

뇌운비는 기를 느껴 황급히 뒤를 돌아봤지만 그게 여의치 않았다. 자신의 왼팔과 오른쪽 다리 부분에 천잠사가 펼쳐져 있어, 빠르게 몸을 돌리면 그 실에 의해 몸이 절단날지도 모르는 일이었다.

진천악은 어느새 동굴에 천잠사 한 올, 한 올을 펼쳐 놓았다. 어지간해서는 끊어지지도 않는 실이 딸랑 한 올 펼쳐져 움직임에 지장을 주는 것만큼 번거로운 게 없었다. 천잠사는 그 어떤 실보다도 얇고 예리하여 조금만 힘을 가해도 살이 베어진다.

게다 동굴의 벽과 벽을 잇고 있는 수백 가닥의 천잠사는 팽팽하게 처져 있었다. 어떻게 벽에서 벽을 잇고 있는지는 몰라도 참으로 신기한 무공이었다.

"후후, 이제 미소가 사라졌네?"

진천악의 능글맞은 목소리가 들린다. 뇌운비는 눈살을 찌푸렸다.

확실히 방금 전의 여유를 찾기는 쉽지 않아 보인다.

"단지 상상 이외로 대단한 네 녀석에 잠시 놀랐을 뿐이다. 허우대만 멀쩡한 놈인 줄 알았는데 생각보다는 조금 뛰어난 놈이군. 큭큭, 그래 봤자 네놈은 나한테 안 돼. 왠지 알아?"

"……?"

"실은 여자나 가지고 노는 거거든. 남자답게 주먹을 써야지 실이 뭐냐, 실이……. 실로 하는 무공이 대단하면 얼마나 대단하겠냐?"

"……."

무공에 대한 모욕을 들은 진천악의 표정은 지금 뇌운비만 큼이나 일그러져 있었다.

무림에도 예의라는 게 있다.

보통 사회에서 부모 욕을 하지 않는 것처럼 무림의 사회에 서는 무공에 대한 욕은 하지 않는다. 각각의 무공에 대한 존 중을 갖고 비평할 수는 있을지언정, 애초에 뇌운비처럼 그 무 공을 무시하는 행동은 예의에 어긋난다.

진천악은 왼손 검지와 오른손 엄지에 이어진 천잠사를 당 겼다.

"……!"

갑자기 두 가닥의 천잠사가 거리를 좁혀 들어오기 시작했 다.

더 이상 뇌운비는 비아냥거릴 여유가 없어졌다. 가공할 속 도로 거리를 좁혀오는 건 아니었지만, 그래도 수많은 천잠사 가 주위에 고정되어 있어 피하는 게 여의치 않았다.

뇌운비는 암흑신기를 극성으로 끌어올렸다. 그러자 그의 몸에 옅은 막이 생성되었다. 내공의 소모가 극심하기는 하지 만 뇌운비는 도박을 하기로 했다.

뇌운비는 두 주먹을 빠르게 휘두르면서 좁혀 들어오는 천 잠사는 물론 고정되어 있는 천잠사까지 모두 떼어냈다. 천잠 사가 얼마나 강하게 붙어 있었는지 적잖은 힘을 필요로 했 다.

암흑신기를 잔뜩 머금은 주먹을 휘두르면 휘두를수록 뇌운비는 한 가지를 깨달아가기 시작했다.

'줄어들지 않아!'

분명히 핑! 하는 소리와 함께 천잠사가 동굴의 벽에서 떨어지는 소리가 들리는데, 딱히 천잠사의 개수가 떨어지는 것 같지는 않았다.

한 번에 수십 가닥을 떼어내는데, 떼어내기 전과 떼어낸 후에 별 차이가 없다는 건 말이 안 됐다.

떼어내기 전과 후가 같다는 건 오로지 한 가지를 의미했다.

'계속해서 이어 붙이고 있다.'

진천악이 손가락을 한 번 까닥이면 떼어진 천잠사들이 벌떡 일어나 동굴을 좌우로 이어버린다. 뇌운비는 극성으로 끌어올린 암흑신기로 힘겹게 주먹을 휘둘러 대고 있는 모습을 생각해 보면, 진천악은 상당히 여유로워 보였다.

'농락당하고 있다.'

그렇다.

마치(?) 자신이 농락당하고 있는 듯한 모습이었다.

펑펑!

그 사실을 깨달음과 동시에 뇌운비는 그의 암흑신기를 폭발시켰다. 점차 폭발은 가중되어 중첩된 파괴력을 선보이기 시작한 그의 주먹은 멈출 줄을 몰랐다.

그것으로 끝이 아니었다.

"크아!"

뇌운비는 잠시 기를 끌어모으는 듯싶다가 이번에는 주먹뿐 아니라 온몸에서 암흑신기를 터뜨렸다. 그리고는 더욱 강력한 흑막을 생성하여 단번에 모든 천잠사를 뚫고 진천악의 코앞에 도달했다.

"이제부터 시작이다."

거친 숨을 내쉬며 한 걸음을 좁혔다.

'일보십이권!'

한 걸음을 걸음과 동시에 그의 두 주먹은 각각 여섯 번씩, 총합 열두 번이 휘둘러졌다.

펑펑펑펑!

점점 가중되어 가는 폭발의 기세에 진천악은 점점 밀려났다. 뇌운비는 주먹에서 느껴지는 타격감에 적잖게 놀랐다. 진천악은 어느새 천잠사로 그물망을 겹겹이 만들어 각각의 주먹의 파괴력을 감소시키고 있었다.

"하압!"

이번에는 저만치 밀려난 진천악을 향해 높게 도약한 뇌운비는 검은 기류를 흘려내는 주먹을 내리쩍었다. 이번에도 천잠사의 그물이 그의 주먹을 받았다. 주먹이 멈춘 건 찰나였지만 진천악은 오묘한 보법으로 미끄러지듯 뇌운비의 등 되로 돌아갔다.

금세 등을 내주게 된 뇌운비는 뒤로 돌면서 다시 주먹을 휘둘렀다.

이번에는 천잠사를 펼칠 필요도 없이 진천악은 무식하게 휘둘러진 주먹을 피해내었다.

'빨려 들어가는 느낌!'

진천악은 뇌운비의 주먹에서 느껴지는 흡인력에 개벽을 목격한 이처럼 놀라게 되었다.

아무렇게나 휘둘러진 주먹 같았지만 그 주먹의 빠르기와 파괴력은 주위를 빨아들이는 흡인력이 있었다. 떨어지려고 해도 그 주먹이 자신을 잡아당긴다는 말이었다.

아무리 피할 수 있다고 생각해도 천잠사로 막지 않는다면 그 흡인력이 자신을 잡아당겨 감당할 수 없는 충격을 선사할 것이다.

게다 지금처럼 운이 좋아 피해내기는 해도 흡인력에 저항한 여파로 진천악은 뇌운비에게서 멀리 떨어지지 못했다. 정확히는 아직도 뇌운비의 공격권 안에 있었다는 말이다.

펑!

다시 한 번 뇌운비의 주먹이 휘둘러지자 진천악은 두 손의 엄지와 검지를 펼쳐 사각형을 만들어 펼쳤다. 그 사각형의 사이에는 천잠사가 촘촘히 자리하고 있었다.

진천악은 뇌운비의 주먹을 막는 데 그치지 않았다.

두 약지에 묶여 있는 천잠사로 뇌운비의 팔목을 봉쇄하기에 이르렀다.

'호오?'

한 번에 두 가지 움직임을 보이는 진천악의 사술(絲術)은 정말 뇌운비를 감탄하게 했다.

물론 뇌운비도 가만히 앉아서 감탄할 때가 아니었다.

그는 천잠사를 떼어내기 위해서 거칠게 팔을 휘둘렀다.

"크윽!"

한 올의 천잠사는 팔을 돌돌 감고 있었다. 한 올이니 쉽게 풀리거나 끊어질 줄 알았는데 그 실은 역시나 천잠사의 명성을 그대로 드러내고 있었다.

뇌운비는 천잠사를 떼어내려다 오히려 더욱 가까이 붙게 되었다.

천잠사는 뇌운비의 살을 파고 들어갔다. 뇌운비의 팔목은 가늘기 짝이 없어 천잠사는 거의 뼈에 닿을 정도로 깊숙이 박혔다.

뇌운비는 억지로 천잠사를 끊으려 했다.

"움직이지 않는 게 좋아."

뇌운비에게서나 볼 수 있는 사악한 미소를 지으며 진천악이 나직이 말했다.

"조금만 움직여도 힘줄이 절단된다. 힘줄이 절단되는 느낌을 알아? 실이 살을 파고드는 느낌보다 더욱 섬뜩하지."

"……."

진천악은 이 순간을 진심으로 즐기는 듯했다.

뇌운비는 작은 움직임도 보이지 않았고, 가만히 진천악의 말에 순종을 하는 듯 보였다.

"내 말을 잠자코 들으면 아무런 해 없이 널 놓아줄 테니까 너무 떨지는 말도록."

진천악은 뇌운비의 말투를 따라 하면서 히죽거렸다.

"내가 여기를 빠져나갈 때까지 잠자코 있어. 그럼 천잠사가 알아서 풀어질 테니까. 만약 그전에 조금이라도 이상한 낌새를 보이면 당장에 힘줄을 끊어버릴 거니까 명심하는 게 좋아."

뇌운비는 몸을 부르르 떨었다.

진천악은 혈옥의 입구를 나서며 한마디를 덧붙였다.

"아차, 실수로 내가 힘 조절에 실패하면 손이 잘려질 수도 있으니까 그런 불상사가 일어나지 않기를 바라."

진천악은 뇌운비의 손목을 묶고 있는 천잠사가 이어진 약지의 실을 점점 길게 늘어놓으며 혈옥의 입구를 향해 나아가고 있었다.

그러다 문득 그가 걸음을 멈췄다.

"근데 혹시 혈옥의 입구를 여는 열쇠가 어디에 있는지 알고 있어?"

마교의 인물에게 너무 많은 것을 바라는 건지는 몰라도 이 혈옥에 들어온 걸 보면 꽤나 요직에 있는 사람일 테고, 운이 좋으면 자신이 찾는 걸 알고 있을지도 모른다.

'어?'

문득 진천악의 뇌리를 스치는 의문이 하나 있었다.

"야! 너, 여기 왜 내려왔냐? 여기가 혈옥의 입구라는 사실은 당연히 알고 내려왔을 테고, 그 사실을 알면서도 여기에 내려왔다는 건 이 혈옥에 볼일이 있다는 말이 되지. 이 지루하기 그지없는 혈옥의 바깥에 볼일이 있을 리가 없으니까……."

진천악은 이마를 탁! 치며 외쳤다.

"너, 저 혈옥 안에 볼일이 있는 건가?"

진천악은 왜 진작에 그 생각을 못했는지 자신이 한심하게만 여겨졌다.

"무림맹을 뒤지고 싶은 만큼 뒤졌을 테니까, 분명히 혈옥을 열기 위해서는 열쇠가 필요하다는 사실도 알고 있겠지?"

보통 점령에 들어가면 맨 처음 하는 게 상대방이 갖고 있는 정보의 흡수였다. 제대로 된 점령을 하기 위해서는 상대방이 정확하게 어떤 세력인지를 알아야 확실하게 그 세력을 흡수할 수 있다. 당연히 무림맹에 대한 정보에는 혈옥이라는 내용이 포함되어 있을 것이다. 그리고 그 혈옥에 대한 정보에는 당연히 혈옥을 여닫는 부분에 대한 내용이 있을 것이다.

요약하자면 무식하게 주먹을 휘두르는 눈앞의 마인은 혈옥을 여는 방법을 알고 있으며, 분명히 열쇠를 가지고 있을 것이다.

"열쇠를 내놓으면 두 손은 온전히 갖게 해줄게."

진천악은 이제 성격에 맞지 않는 협박까지 하게 되었다. 그가 얼마나 급한 상황인지 설명해 주는 부분이었다.

진천악의 말을 잠자코 듣던 뇌운비는 아주 꺼림칙한 의문에 휩싸이게 되었다.

"너도 이 혈옥에 볼일이 있냐?"

진천악이 고개를 끄덕인다.

"……."

뇌운비는 또 말도 안 되는, 어처구니없는 생각을 하게 되었다.

'그럴 리가 없어.'

물론 그럴 가능성은 일 푼에 가까웠다. 불가능하단 말이다.

그때 뇌운비는 자신과 마찬가지로 눈빛이 묘하게 변하는 진천악의 눈빛을 목격하게 되었다.

둘은 서로 시선을 교환했다.

"……."

그리고는 이내 깨닫게 되었다.

"너, 혹시 휘인한테 볼일 있는 거냐?"

뇌운비는 재확인을 위해 물었다.

진천악은 복잡한 눈으로 고개를 끄덕였다.

'그러니까 나는 지금까지 혈옥의 문지기인 줄 알고 박 터지게 싸웠던 놈이 나랑 똑같은 목적을 갖고 있다는 사실을 몰랐던 거네?

뇌운비는 한심하기 짝이 없는 자신을 책망하며 고개를 흔들며 상한 심령을 다스렸다.

'내공의 반을 잃을 정도로 천잠사를 심하게 사용하며 싸웠던 사람이 나랑 똑같은 목적을 이루기 위해 여기에 왔다는 사실을 나는 몰랐던 거네?

진천악의 모습도 뇌운비의 모습과 크게 다르지 않았다.

진천악의 사술은 미세하고도 정확한 조절을 필요로 하기에 극심한 내공의 소모를 가져온다. 게다 내공을 사용한 만큼 삼 일간 그 내공은 회복되지 않는다는 제약도 있었다.

그러니까 뇌운비를 제압하기 위해서 너무도 큰 희생을 치렀다는 말이다.

실질적으로 아무런 가치도 없는 희생을 말이다.

…그리고 정작 뇌운비는 제압된 게 아니었다.

핑, 핑!

뇌운비의 두 팔목을 휘감고 있던 천잠사가 뚝뚝 끊어졌다.

영문을 모르는 진천악은 두 눈만 깜빡이며 그 장면을 지켜봤다.

뇌운비는 인상을 잔뜩 쓴 채로 피가 쏟아지는 두 팔목을 지혈했다.

'힘줄이 끊어질 수도 있다는 말은 거짓이 아니었군.'

뇌운비의 두 팔목에서 더 이상 피가 쏟아지고 있지 않다는 사실을 진천악의 두 눈이 시신경을 통해 막 그 정보를 전달하려는 찰나였다.

퍽!

지금까지와는 차원이 다른 움직임을 보이며 뇌운비는 진천악과의 거리를 단번에 좁혀 그의 볼을 세게 후려쳤다.

물론 암흑신기가 모인 상태로······.

진천악은 삼 장을 날아가더니 혈옥의 문에 등을 처박히게 되었다.

방금 전과는 크게 다른 양상이었다.

"고작 이 정도냐?"

방금까지 묶여 있던 것은 생각 못하고 득의양양한 모습이었다.

"쿨럭!"

진천악은 피를 토해내었다. 벽에 부딪친 등은 멀쩡했지만 속이 상한 모양이었다.

"휘인과는 어떻게 아는 사이지?"

뇌운비의 음성은 까칠하기 그지없었다.

지금까지 휘인은 항상 뇌운비와 함께해 왔다. 최근 몇 개월을 빼놓고는 항상 같이 행동했다. 휘인이 아는 사람은 뇌운비도 안다는 말이었다.

여기서 분명한 건 눈앞의 사내는 뇌운비와 얼굴 한 번 본 적 없는 남이었다.

만약 정말 사내가 휘인과 아는 사이라면, 그들이 알게 된 대략적인 시점은 뇌운비가 휘인의 일행에게서 떨어져 나간 후에서부터 그가 신승에게 붙잡히기 전까지였다.

휘인이 신승에게 붙잡힌 정확한 시점은 모르지만, 대략 이틀이었다.

아무리 생각을 해도 그 이틀 사이에 휘인이 새로운 사람을 사귀었다는 말은 믿을 수가 없었다. 이 세상에 휘인처럼 무뚝뚝하고 비사교적인 인물은 없었다.

'물론 나도 좀 그런 편인가?'

뇌운비는 애써 잡념을 지웠다.

'혹시 모르지. 임홍이나 청운의 경우처럼 한 번 보고 반해 가지고 덥석 손을 맞잡고 친해졌을 수도 있지.'

휘인은 생각보다 감에 의존하는 부분이 있었다. 조금은 무섭다고 여겨질 정도로⋯⋯.

그렇지만 임홍이나 청운의 경우에도 첫 만남으로 안면을 튼 게 아니었다. 아니, 안면은 텄겠지만 절친한 사이로 발전되지 않았다. 물론 만났을 때 조금은 서로의 감정을 나눴겠지만, 목숨을 걸고 아무런 계획 없이(열쇠 없이 혈옥에 왔다는 사실로 충분히 알 수 있다) 달려올 정도로 절친한 우정을 만들지는 않았을 것이다.

'나랑 만나기 전인가?'

휘인의 일행이라 할 수 있는 인물들은 총 일곱이었다. 휘인 본인을 포함해서 얼굴 한 번 본 강희, 임홍, 곽소천, 자신, 청운, 그리고 가장 근래에 합류(?)한 소여락이었다.

'그러고 보니 참 이상한 조합이군.'

각자의 개성이 천차만별이다. 그들의 배경 역시 상당히 달랐다. 각자 다루는 무공의 속성와 출신지가 가지각색이었다.

어떻게 일행에 포함되었는지에 대해서는 뇌운비 자신도 할 말이 없었다.

'흐음.'

뇌운비는 아무리 머리를 굴려봐도 눈앞의 사내가 어떻게 휘인의 일행에 끼워 맞춰지는지 추측조차 할 수 없었다.

그때 들려온 사내의 말은 뇌운비의 예상을 조금도 벗어나지 않았다.

"모르는 사이인데? 언제 아는 사이라고 했나?"

역시나 뇌운비의 예상대로 이틀은 휘인과 친분을 나누기에는 너무 짧은 시간이었다.

"그렇다면 어떻게 휘인을 알고 여기까지 온 거냐?"

진천악의 비아냥에 치밀어오르는 짜증은 뒤로하고 뇌운비는 일단 호기심을 풀기로 했다.

그때 자신의 호기심을 풀기 위해서는 조금 정정된 질문이 필요하다는 사실을 깨달았다.

"아니, 무림공적 휘인을 모르면 무림인이 아니지. 휘인을…… 흐음, 구출이라는 단어를 써야 하나? 어쨌든 그럼 왜 휘인을 탈옥시키려고 하는 거냐? 혹시 사회의 부조리함을 일찍 깨닫고, 이 세상을 조금 더 깨끗하게 만들고자 하는 생각에서 온 건 아니지?"

"……."

'사회의 부조리함……'이라는 대목에서 진천악은 할 말을 잃었다. '사회의 부조리함을 깨닫고……'와 같은 말은 보통 신진 고수들의 입에서 나오는 말이었다. 자신의 딴에는 조금 세상을 안다 싶어 허울 좋은 말을 늘어놓으며 어떻게든 자신은 좀 특별하다는 사실을 알리려고, 갓 십대를 벗어난 후기지수들이 말한다.

무림을 조금 돌아다닌 진천악은 물론 뇌운비는 그런 말을 늘어놓는, 웃기지도 않는 후기지수들을 몇몇 봐왔다.

뇌운비 역시 그런 부분을 기억하여 진천악을 그런 식으로 비꼰 것이고, 진천악은 뇌운비의 비아냥을 정확하게 이해했다.

"대답해."

뇌운비는 기다리는 것을 좋아하지 않는다.

"대답하지 않으면 좋을 거 하나 없어. 이번에는 뼈를 동굴에 박아줄지도 모르니까 빨리 대답하라고."

뇌운비의 주먹에서 암흑신기가 감돌고 살기가 점차 짙어지고 있었다. 그의 급한 성질을 고려해 보건대 모르긴 몰라도 정말 그럴 듯한 기세였다.

"내가 아는 사람이 위험해서 도움을 청하려고 온 거라네~ 그리고 너! 무림공적 마누라라도 되냐? 왜 이리 꼬치꼬치 캐물어? 혹시라도 의심을 가지고 묻는 거라면, 나와 무림공적은 아무 사이도 아니야. 친구 사이도 아니고, 너처럼 연인 사이도 아니니까 이렇게까지 경계하지 않아도 된단다."

"……."

뇌운비는 그의 말에 대꾸를 하기보다는 암흑신기를 더욱 끌어올려 진천악에게 한 걸음 한 걸음 천천히 다가갔다.

그 모습이 지옥의 야차와 흡사했다.

뇌운비가 진천악을 향해 주먹을 내리꽂으려는 바로 그 시점이었다.

"그리고……."

어느새 진천악이 몸을 일으켜 천잠사를 펼치고 있었다. 분명 어디론가 천잠사를 이어놨을 텐데, 은은한 등잔불로는 천잠사를 분간해 내기가 쉽지 않았다.

'제법인데?

하지만 느낄 수 있었다. 자신의 목덜미를 가로막고 있는 천잠사도 있었고, 팔목 부근에 다른 천잠사가 이어져 있었다.

천잠사에 정신이 팔려 뇌운비는 진천악을 놓치게 되었다.

막 뒤로 돌아서려는 찰나, 천잠사로 자신의 목을 휘감고 있는 진천악을 발견할 수 있었다.

진천악은 뇌운비의 뒤에 바짝 붙어 천잠사로 뇌운비의 목을 조르는 자세를 취하고 있었다. 아직 힘을 주지 않았지만, 조금만 힘을 줘도 치명적이리라.

진천악은 비릿한 미소를 띠며 뇌운비의 귓가에 입을 대었다.

"……나는 강압적인 걸 별로 좋아하지 않아. 그러니까 앞으로 조심하도록 해."

또다시 전세가 역전되자 이번에 득의양양한 건 진천악이었다.

긴장감이 고조되는 가운데 뇌운비는 진천악의 손 아래 잠자코 있는 듯싶었다. 물론 뇌운비는 모욕을 당하고도 가만히 참는 성격이 아니었다.

뇌운비는 허리를 숙여 단숨에 진천악을 업어 바닥에 내동댕이쳤다. 깜짝 놀란 진천악은 자신도 모르게 손에 감긴 천잠사를 놓아버렸다. 그 덕분에 뇌운비는 목에 감긴 천잠사를 쉽게 풀 수 있었다.

"…나 역시 마찬가지다."

뇌운비는 손에 들린 천잠사를 유심히 봤다. 빛을 받지 않으면 보이지 않을 정도로 얇고, 정말 놀라울 정도로 끊어지지 않는다.

"비싼 거냐?"

뇌운비는 바닥에 누워 있는 진천악을 내려다보며 히죽거렸다.

진천악은 온갖 표정을 다보이며 입을 열었다.

"그래, 비싼 거다!"

진천악의 말이 끝나기 무섭게 주위에 퍼져 있는 천잠사들이 그에게로 회수되기 시작했다. 물론 뇌운비의 손에 들린 천잠사까지도.

그 놀라운 광경에 넋 놓고 있는 뇌운비를 향해 진천악은 그의 종아리를 세게 찼다. 그러자 누워 있는 건 진천악뿐이 아니었다.

"……!"

뇌운비는 발끈한 얼굴로 진천악을 노려봤다.

진천악도 그의 따가운 시선을 피하지 않았다.

퍽!

퍽!

퍽!

그들은 한참 동안 주먹을 교환했다.

뇌운비와 진천악은 약 한 시진 후에 정신을 차려 일단은 혈옥을 열어보자는 데 합의를 봐야 했다. 그 와중에서도 자신이 한 대 더 맞았다며, 공평하게 한 대만 더 맞으라는 뇌운비 때문에 한 시진을 더 허비할 뻔한 일을 빼면 둘은 꽤나 사이좋게(?) 혈옥의 문을 열고 있었다.

혈옥의 문 중심에 열쇠를 끼워 넣자 혈옥의 문이 조금씩 열리기 시작했다.

스르르르.

"여어, 뇌운비!"

임홍은 몇 개월 만에 보는 뇌운비를 향해 손을 흔들며 반갑게 인사했다.

앙숙이나 다름없는 관계였지만 혈옥에 오래 있다 보니 앙숙도 마냥 반가웠다.

"……"

뇌운비는 할 말을 잃었다.

누군가가 익숙한 목소리로 자신에게 아는 척을 하고 있지만 그의 외모로는 과연 자신이 아는 사람인지 심각하게 고려해 봐야 했다.

"임홍?"

자신이 알고 있는 사람 중에 하늘의 신장과도 같은 거대한 체구에서 유일하게 유사점을 보이는 자가 바로 임홍이었다.

하지만 확실하지 않았다.

예전에도 별로 청결하지는 않았지만, 눈앞의 거인은 때에 절어 꾀죄죄한 몰골이었고, 이전에 없던 털이 턱수염과 콧수염을 이어져 버려 도대체 자신이 아는 임홍이라고 확신할 수 없었다.

"오랜만이야, 친구!"

임홍은 고개를 끄덕이며 뇌운비를 안으려고 했다.

쿵!

"……."

"……."

갑자기 임홍이 바닥에 쓰러졌다.

그 장면에 뇌운비, 진천악, 휘인, 소여락, 곽소천은 입을 떡하니 열었다.

그렇다.

그 무뚝뚝한 휘인이 경악할 정도로 놀라운 일이 벌어졌다.

임홍은 막 혈옥을 벗어나 뇌운비에게 다가가려 성큼성큼 나아가고 있었다. 당장에라도 이 지긋지긋한 혈옥에서 벗어날 수 있다는 마음에 그야말로 자신감있는 발걸음이었다.

그런데 갑자기 무슨 무형의 벽이 있는 것처럼 무엇엔가 부딪쳐 뒤로 내동댕이쳐졌다. 그냥 내동댕이만 쳐진 게 아니라 기절까지 했다.

게거품을 문 채로 발작을 일으키며 쓰러져 있는 임홍의 모습은 가히 충격적이었다.

자신들이 닭대가리가 아닌 한 지금 이 혈옥을 벗어나려 하면 어떤 일이 일어날지 뻔했다.

"……."

문은 열렸지만 아직도 갇혀 있는 휘인 일행은 잠시 침묵을 지켰다.

뇌운비는 물론 진천악까지도 멍하니 혈옥 안에 갇힌 휘인 일행을 쳐다봤다.

그때 무엇인가를 떠올린 뇌운비는 진천악을 옆에 서게 하며 속삭였다.

"좋은 생각이 났어."

"……?"

진천악이 뇌운비에게 묻기도 전이었다.

휙!

뇌운비는 진천악을 혈옥의 안으로 밀어 넣었다.

"……."

이번에는 쿵과 같은 소리가 나지 않았다. 그렇다. 진천악은 이번에 혈옥의 안으로 들어온 자신을 발견할 수 있었다. 그것도 아무런 반발 없이.

"……!"

진천악은 뒤로 돌아 혈옥의 바깥에 있는 뇌운비를 쳐다봤다.

진천악의 시선을 받은 뇌운비는 어깨만을 으쓱여 보였다.

"이게 아직도 정신을 못 차렸나!"

뇌운비 덕택에 혈궁에 들어온 진천악은 잠시 임홍이 무엇 때문에 기절했는지를 망각하고 뇌운비를 한 대 치려고 했다.

정확하게 표현하자면 혈옥의 안에서 바깥으로 나가려고 발걸음을 옮겼다는 말이다.

쿵!

이번에는 쿵! 이라는 소리가 들렸다.

그렇다.

진천악은 임홍의 옆에 나란히 누워 똑같이 게거품을 문 채로 기절하게 되었다.

"……."

일행들은 여전히 침묵을 지켰다.

곽소천이 그 침묵을 깨기 전까지는 침묵이 지켜졌다.

"흐음, 들어갈 수는 있어도 나갈 수는 없다는 의미가 바로 이런 거였군."

소여락과 뇌운비는 동시에 곽소천을 째려보며 '말하지 않아도 알아, 임마!' 라는 표정을 지어 보였다.

"뇌운비."

휘인이었다.

임홍은 반 인간 반 곰탱이에서 온전한 곰탱이로 진화를 한 가운데에도 휘인의 모습은 뇌운비가 그를 마지막에 봤을 때와 똑같았다.

"왜 부르냐?"

괜히 머쓱해 애써 퉁명스럽게 답하는 뇌운비였다. 오랜만에 만나니 새삼 자신이 느끼는 휘인에 대한 감정을 깨닫게 되었다.

물론 진천악이 말하는 연인 관계는 절대 아니었다.

"아마도 우리는 여기에 조금 더 있게 되겠군. 어떻게 된 일인지 알아봐 줄 수 있겠나?"

물론 뇌운비가 휘인에 대해 느끼는 그 감동은 그의 명령적
인 어조를 듣자마자 깨졌다.

'그럼 그렇지.'

뇌운비는 날카로운 눈매를 조금 더 날카롭게 뜨며 고개를
끄덕였다.

"……."

휘인의 말이 끝나자 둘 사이에는 더 이상 할 말이 없었다.

뇌운비가 '그럼 잘 지내'라고 친근한 말을 건넬 리가 없었
고, 그렇다고 휘인이 '위험한데 몸조심해'라고 걱정해 줄 리
도 없었다.

말하지 않아도 알 수 있다.

서로가 무엇을 말하려고 하고, 원하는지를.

뇌운비는 피식 웃으며 뒤로 돌아 유유히 혈옥을 벗어났다.

물론 진천악은 아직도 혈옥의 안에서 게거품을 문 채 발작
을 일으키고 있었지만…….

'결국에는 내가 이겼네. 보잘것없는 녀석.'

진천악을 떠올리며 뇌운비는 킥킥거렸다.

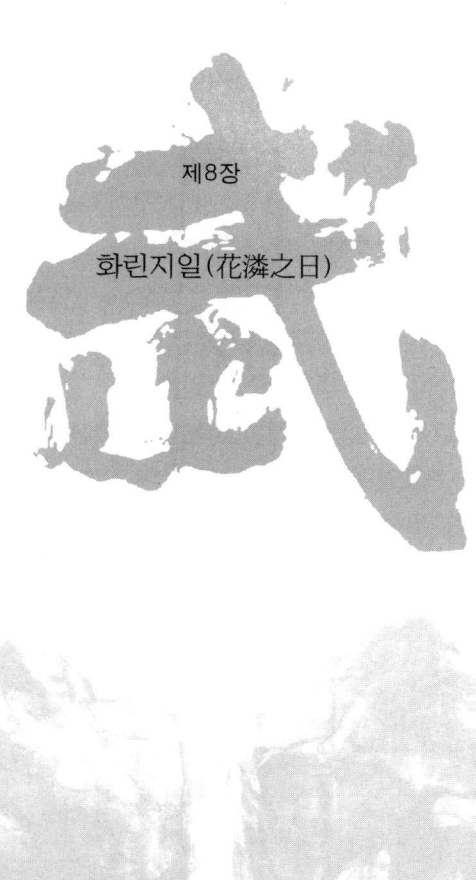

제8장

화린지일(花潾之日)

무림에는 수많은 객잔이 있었다. 낙양루처럼 화려하고 기품있는 객잔도 있었고, 허름하고 믿기 어려울 정도로 지저분하며 파리만 날아다니는 객잔도 있었다.

유일하게 여인 한 명이 구석에 앉아 술을 퍼마시고 있는 객잔은 후자에 가깝다 못해 완전 그러했다.

여인은 술을 얼마나 마셨던지 이번에는 술을 코로 마시고 있었다. 손의 감각이 그 정도로 떨어진 것이다.

쿵!

술이 코에 들어가면 그 후에 오는 고통은 이루 말할 수 없을 정도로 크다. 코를 통해 폐로 들어가면 안 되기에 억지로 술을 게워내는 과정에서 눈물도 나고 코 역시 따끔하기 그지없다.

그 여인은 고개를 들어 눈물을 닦아내었다.

그때 드러난 여인의 외모는 가히 절색이었다.

유난히 맑은 눈동자와 백옥처럼 흰 피부는 물론이거니와, 곡선미 넘치는 몸매는 객잔 주인의 시선을 단번에 사로잡았다.

'흐음.'

포동포동하게 살이 제대로 오른 객잔의 주인은 분간은 안 가지만 아마 턱이 있는 부분을 손으로 쓰다듬으며 여인을 지그시 바라봤다.

지그시 바라보는 건 별 문제가 안 되는데, 그 눈빛은 음흉하기 그지없었다.

여인은 그 사실을 아는지 모르는지 술에 취해 헤롱헤롱, 제정신을 차리지 못하고 있었다.

고양이의 앞에 생선을 떡하니 갖다 놓으면 어떤 일이 벌어지는지 다섯 살 먹은 꼬마도 안다. 고양이가 생선을 먹어버린다.

그렇기 때문에 사람이 제정신으로 고양이의 앞에 생선을 보관할 리가 없다.

하지만 안타깝게도 객잔 주인의 앞에는 생선이 떡하니 놓여 있었다.

그것도 생선 한 마리가 홀로…….

"크흠."

객잔 주인은 애써 제정신을 차리려 노력했다. 객잔의 주인은 최소한의 양심 정도는 있었다.

무엇보다도 저 여인은 검을 차고 있었다. 무림인이라고 하기에는 너무도 연약해 보였지만, 술김에 검을 휘두르는 평범한 여인도 무섭다. 재수가 더럽게 나쁘면 장사도 안 되는 날에 칼 맞는 일이 생길지도 모른다.

그때였다.

쿵!

여인은 결국 술에 못 이겨 정신의 끈을 놓으며 탁자에 엎어져 잠을 자고 있었다.

"……!"

이건 하늘의 계시다.

집사람이 가출한 지 어언 십삼 년. 모아놓은 돈이 없어 직업(?) 여성을 호출할 수도 없었고, 그렇다고 보통 여자가 제정신이 아닌 한 자신의 품에 안겨줄 리도 만무했다.

하늘이 그런 딱한 사정을 알고 감동을 했는지 십삼 년 굶은 고양이의 앞에 생선을 떡하니 내려주셨다. 그것도 싱싱하고 살이 통통하게 오른 맛난 생선을.

"흠흠."

객잔 주인은 흐뭇한 미소를 지으며 여인을 향해 한 걸음 한 걸음 다가갔다.

상대가 무림인일지도 모른다는 생각은 저 먼 달동네 너머로 던져 버렸다.

무림인은 술에 취하지 않는다. 무림인치고 적이 없는 이가 없기 때문에 항상 검을 꺼내 들 태세를 유지한다. 그렇기 때문에 술을 마셔도 그 취기를 기로 태워 없앤다.

눈앞의 여인은 딱 봐도 취해 있었다.

술 냄새가 고약하게 풍겨 나왔고, 고개를 처박고 있는 모습이 그렇게 연약해 보일 수가 없었다.

게다 이미 객잔 주인은 눈이 멀었다.

"음흐흐흐."

어느새 여인의 앞에 서서 그녀를 내려다보는 객잔 주인은 너무 신나서 웃음을 참을 수가 없었다.

객잔 주인이 여인의 야들야들한 살결에 손을 대려는 그 찰나였다.

퍽!

안타깝게도 주인의 웃음소리는 멈춰야 했다.

"크흑!"

여인은 언제 주먹을 휘둘렀는지 몰라도 객잔 주인의 통통한 배를 정확하게 때렸다.

객잔 주인의 배가 너무도 통통하여 여인의 작은 주먹이 그냥 튕겨져 나갈 듯했는데, 놀랍게도 객잔 주인이 그냥 튕겨져 나갔다.

약 사 장 밖으로 밀려나 객잔의 기둥에 머리를 박은 주인은 그 충격에 기절할 수밖에 없었다.

"젠장, 기분만 더 잡쳤네."

여인은 언제 술에 취해 있었냐는 듯 자리에서 털고 일어났다.

방금 전의 흐트러진 모습은 어디에도 없었다.

그녀의 이름은 화린이었다. 전대 무림맹주 주청학의 유일한 혈육, 손녀 주화린. 일전에 북해빙궁의 인질로 사로잡힌 그 화린이었다.

화린이 북해빙궁의 인질에서 풀려난 건 참으로 어이가 없다 싶을 정도로 말이 안 되었다.

자신을 잡아들인 백리연화가 죽었고, 같이 갔던 백리천만 돌아왔다. 물론 안전 가옥에 잡혀 있던 화린은 그 사실을 듣기만 했다. 어느 정도 친해진 소소가 화린에게 눈물로써 호소하며 밤낮을 보냈으니, 화린이 그 사실을 잊을 리가 없었다.

안전 가옥에 북해빙궁주가 들어서기 전 백리천의 지시로 화린이 풀려났다.

그의 설명으로는 더 이상 화린이 인질로서의 가치가 없다고 한다.

그것도 사실인 게 이미 무림맹은 마교에게 넘어갔다. 이제 적은 무림맹이 아니라 마교였기에 실질적으로 그는 화린이 인질로서 아무런 가치가 없다고 했다. 하지만 화린은 그의 결정을 이해할 수 없었다.

'물론 신승님이 더 이상 무림맹의 주인은 아니지만, 무림 맹만 먹는다고 해서 무림이 손에 들어오는 게 아니잖아. 무림이 연합한 신승님을 꺾고 마교까지 밀어내야 북해빙궁의 대의가 이루어지는 거 아냐?'

자신을 그냥 풀어준 건 고맙지만 인질로서 가치가 없다는 말은 이해할 수가 없었다.

아직 신승이 건재한 가운데 분명 자신은 북해빙궁이 신승을 상대로 우위에 설 수 있게 해줄 수 있었다. 백리천이 바보가 아닌 한 그 사실을 잘 알고 있을 텐데도 그는 자신을 놓아주었다.

물론 소소가 강하게 제의를 했지만, 백리천 역시 덤덤하게 그녀를 보내는 게 아무리 생각해도 이상했다.

물론 화린을 이렇게까지 망가지게 만든 건 북해빙궁이 그녀를 아무런 탈 없이 놔주었기 때문이 아니다.

무림맹이 마교에 넘어갔다!

할아버지가 죽은 것으로도 모자라 할아버지가 세운 무림맹이 적에게 넘어갔다. 그 사실을 떠올리면 괜스레 자신의 무능력함에 눈물이 났고, 할아버지가 너무도 그리워졌다.

그리고 이따금 휘인이 생각나 엄청난 죄책감에 시달리기
도 했다.

당장이라도 무림맹 임시 지부로 달려가 신승에게 힘을 보
태고 싶었지만, 오히려 짐이 될 것 같고 자신감도 너무 부족
하여 그녀는 그 우울한 기분을 술로 달래고 있었다.

그런 와중에 음흉한 객잔 주인과 씨름도 했다는 생각에 다
시 눈물이 난다.

객잔을 나온 화린은 아직도 울적한 기분을 떨치지 못했다.

술은 시름을 잊게 해준다.

그렇지만 시름을 없애주지는 않는다.

시름의 원인이 사라지지 않는 한 그녀의 울적한 기분은 영
원히 따라다닐 것이다.

술처럼 자신의 울적함을 떨쳐내 주던 인물, 진천악도 사라
졌다.

그를 마지막으로 봤던 때가 떠오른다.

자신이 북해빙궁 무리에 사로잡혀 들어갈 때 진천악은 그
무리에 의해 포위당해 있었다. 피로가 역력하게 드러나는 모
습이 눈에 선하다.

'죽었을까?'

진천악은 놀라운 실력을 보여주기는 했지만 북해빙궁의
무인들은 엄청난 수적 우위에 있었다. 일인이 모두 처리할 수

있는 범위가 아니었다.

게다 만약 진천악이 모두 물리쳤다면, 그때 다시 만나 지금까지 같이 무림행을 즐기고 있었을 것이다.

하지만 그는 자신을 구해내지 못했고, 그 이후로는 다시 볼 수도 없었다.

이름이 없는 무인이었기 때문에 그에 대한 소식을 아무리 찾아봐도 흔적조차 찾을 수 없었다.

그가 죽었을지도 모른다는 생각에 다시 화린의 눈가에 눈물이 고이기 시작했다.

이윽고 자신의 추태를 깨달은 화린은 고개를 세차게 저어 불안감을 지웠다.

'아니야. 살아 있을 거야. 그 녀석이 얼마나 능글맞고 질긴 녀석인데 죽어!'

"풋."

그와 함께했던 무림행을 떠올리자 웃음을 참을 수 없었다. 그의 엉뚱한 행동과 재치있는 말들. 호감 가는 얼굴에 유쾌한 성격.

"휴우……."

그가 없으니까 많이 섭섭하다.

'이젠 뭘 하지?'

화린은 풀이 죽은 얼굴로 고민했다.

삶에 목적이라도 있으면 이렇게 우울하지 않을 텐데. 애써 목적이 될 만한 것을 찾지만, 그것도 힘들었다.

진천악을 찾자는 목적을 잠시나마 세워보기는 했지만 생사도 불확실하거니와, 개방이나 하오문처럼 큰 정보 단체에서도 그의 흔적을 찾을 수 없으니 막연한 것을 기대하기보다는 포기하는 게 나았다.

'신승님에게 가야겠어. 빌어먹을 북해빙궁과 마교 놈들을 다 때려 죽여야겠어.'

꼭 해야겠다는 필요 의식 때문에 선택한 건 당연히 아니었다. 선택할 수 있는 게 그것밖에 없어 그렇게 마음먹은 일이었다.

'휘인은 혈옥에 처박혀 있겠지?'

왜 갑자기 휘인이 떠오르는지는 모르겠다. 지우려고 하면 할수록 머릿속에 더욱 선명하게 떠오르기 때문에 화린은 애써 그를 잊으려는 노력하기를 포기했다. 단지 최대한 무감정하게 생각하기로 했다. 대수롭지 않은 일처럼 생각하고 넘겨버리는 그런 주제의 하나로 생각하기로 마음먹었다.

철천지원수가 감옥에 갇혀 있다는 사실에 통쾌한 마음이 들어야 하는데 어째 조금 씁쓸하다.

'십 년 정도야 아무것도 아니지.'

왜 신승이 십 년이라는 작은 벌을 내렸는지 알 수 없었다. 무림맹주를 죽였으면 아마 평생을 썩어야 할 텐데…… . 이해가 안 간다.

'직접 물어봐야겠어.'

주화린은 그렇게 무림맹 임시 지부로 향했다.

발걸음에 힘은 없었지만, 적어도 그녀는 그렇게 목표를 잡았다.

'한심해.'

제9장

동상이몽(同床異夢)

　무림은 평화로웠다. 이전보다 무인에 의한 범죄가 급감했고, 문파 간의 분쟁도 전혀 없었다. 그 흔하디흔한 문파 사이의 이간질과 음모와 비리는 근래에 들어 완전히 자취를 감췄다. 적어도 겉보기에 무림은 평화로웠다.

　물론 실제로 무림이 평화롭다고 말할 수는 없었다. 무림의 주인 자리를 놓고 세 개의 거대한 세력이 팽팽한 신경전을 벌이고 있었기 때문이다.

　지금의 평화는 단순히 폭풍전야에 불과했다. 한 자리를 놓고 거대한 세 세력이 다투면 그 결과는 뻔했다.

　절대로 이 평화는 오래가지 않는다.

"어서 오시오."

날카로운 눈매를 가진 사내를 반갑게 맞이하는 인물은 북해빙궁의 백리천이었다. 빛을 뿜어낸다는 착각이 일 정도로 흰 백의를 입은 백리천과는 다르게 날카로운 눈매를 가진 뇌운비는 모든 빛을 빨아들일 것만 같은 흑의를 반듯하게 차려입고 있었다.

뇌운비는 주위를 한 번 둘러보았다. 근처에는 아무도 있지 않았다.

"오랜만이군."

백리천이자, 단순히 그의 얼굴을 가진 청운은 빙그레 웃으며 고개를 숙였다.

비공식적으로 현재의 상황에 대한 논의와 협상을 병행하기 위해 각 세력의 수뇌가 만나는 것으로 되어 있었지만, 결국에는 뇌운비와 청운의 작전 회의가 되어버렸다.

"휘인을 꺼낼 수가 없다."

뇌운비는 단도직입적으로 본론을 꺼냈다. 뇌운비가 이 만남을 주도한 이유는 딱 한 가지. 혈옥에 갇혀 있는 휘인에 대한 안건에 대해서 자문을 구하기 위해서였다.

사실 외부인이나 다름없는 북해빙궁의 청운에게 자문을 구하는 건 우스웠지만, 뇌운비에게 이 부분을 논의할 사람은 청운밖에 없었다.

혼자만의 비밀을 가지고 있다는 것만큼 근질근질거리는 건 없었다.

"무슨 말씀이십니까?"

뇌운비가 무림맹에 투입된 이상 휘인을 꺼내는 일은 아무런 탈이 없을 줄 알았다. 애초에 휘인이 혈옥에 제 발로 들어간 건 마교에 합류한 자신과 뇌운비를 그가 절대적으로 믿었기 때문이다.

북해빙궁이라는 거대한 장애물이 있었지만, 오히려 북해빙궁 덕에 신승이 무림맹을 곧 벗어날 것이라는 계산이 있었기에 휘인은 아무런 걱정 없이 그 무시무시하다던 혈옥에 투옥되었다.

물론 그것 하나 때문에 휘인이 혈옥에 들어간 건 아니었다.

휘인이 혈옥에 들어감으로써 무림이 조금 더 단순하게 돌아가게 된다. 휘인 하나가 무림에 얽히면서 생기는 복잡한 사건들과 오해는 각 세력이 어떻게 움직일지 정확하게 예측할 수 없게 한다.

뿐만 아니라 무림공적이 잡히지 않는 한, 신승은 온 힘을 다해 휘인을 쫓을 것이다. 그만큼이나 번거로운 건 없었다.

일단 적을 안심하게 만드는 게 휘인의 생각이었다.

또한 휘인이 혈옥에 들어갔기 때문에 자연스레 그의 일행 몇이 사라졌다는 사실보다 그가 투옥되었다는 사실이 더욱 크게 부각되고, 청운과 뇌운비가 자연스레 마교에 흡수될 수 있었다.

물론 이후 뇌운비가 마교의 부교주에서 또 교주로 승격되면서 엄청나게 부각이 되었지만, 오히려 또 그 덕에 청운이 자취를 감췄다는 의문은 완전히 사라지게 되었다.

이렇게 해서 뇌운비와 청운은 무림을 어느 정도 주무를 수 있는 위치에 있게 되었다.

뇌운비와 청운은 아직도 각자의 세력에서 헤쳐 나가야 할 장애물들이 있었지만, 휘인이 도움을 준다면 각자의 세력은 그들에게 온전히 흡수될 수 있을 것이라고 생각했다.

'휘인이 도움을 준다면.'

물론 휘인이 있다는 전제 조건하에서였다.

뇌운비는 자신이 휘인을 구출하기 위해 어떤 일을 거쳤는지 청운에게 자세히 설명했다. 무림맹에서 혈옥에 관한 서류를 찾아 삼 일 밤낮을 연구하고는 혈옥의 위치를 찾아 무림맹 보고에서 찾은 열쇠로 혈옥을 열었으나, 혈옥에는 들어갈 수만 있을 뿐 나올 수 없다는 사실만 알게 되었다는 것까지 모두 알려주었다.

"……."

청운은 할 말을 잃었다.

그의 심정은 마치 세 달 후에 멋진 장난감을 사준다는 말에 애간장이 타는 마음을 달래어 죽어라 그날을 고대했는데 돈이 없어서 못 사준다는 부모의 말을 듣고 상심하다 못해 살인 충동을 느끼는 다섯 살 꼬마의 것과 크게 다르지 않았다.

"하지만 나오는 방법이 있을 거 아닙니까?"

아직까지 형량을 다 마치고 나온 흉악범은 없었지만, 그래도 형량을 준다는 건 그 세월이 지나면 풀어준다는 말이다. 풀어준다는 말은 곧 나온다는 것이고, 나온다는 건 나올 수 있는 방법이 있다는 말이다.

뇌운비는 고개를 끄덕였다.

"구파일방의 장문인과 사벌이궁의 수장들이 각각 특수한 돌을 한 가지씩 가지고 있는데, 그 돌들을 모두 한자리에 모아 혈옥의 문 옆에 펼쳐진 결계에 꽂으면 그 결계가 해체된다."

뇌운비는 급한 마음에 혈옥에 관한 서류의 마지막 장을 읽지 않아 이 부분을 미처 알지 못했지만, 크나큰 희생(진천악을 잃은)을 통해 이제는 알게 되었다.

뇌운비의 긴 설명을 집중하여 듣던 청운은 입에 주먹이 들어갈 정도로 크게 벌어졌다.

"그렇다면 휘인을 억지로 탈옥시키는 건 불가능하다는 말이잖습니까!"

총 열여섯 개의 돌이 필요한데 그 돌을 대문파의 장문인들이 가지고 있다면, 청운의 말 그대로 그 돌을 한번에 모으는 건 불가능했다.

무력을 동원하여 장문인들에게서 그 돌을 빼앗는 건 불가능한 일 중에서도 불가능한 일이다. 장문인 역시 고절한 무공을 지녔겠지만, 각 대문파는 개인이 어떻게 상대해 볼 만한 적수가 아니었다.

게다 한 문파가 아닌 총 열여섯 문파였다.

무력으로 빼앗아 오느니 차라리 부탁을 하는 게 더욱 가능성이 높다고 볼 수 있었다.

'당연히 부탁한다고 해서 혈옥의 결계를 해체하는 귀중한 돌을 줄 리가 없지.'

방법이 없었다.

청운의 반응은 지극히 당연했다.

"너도 그렇게 생각하냐?"

뇌운비는 청운이라면 색다른 묘안을 생각해 낼 줄만 알았다.

안타깝게도 청운은 불가능을 가능하게 만드는 재주는 없는 모양이었다.

"그럼 이제 어떻게 해야 되냐?"

"……."

청운이 계획해 놓은 미래는 아주 창창했다. 지금까지는 그 계획대로 모든 일이 진행되고 있었다. 그런데 하루아침에 그 모든 성과가 수포로 돌아갔다.

휘인의 목표를 중심으로 청운이 설계한 계획은 당연히 휘인이 필요했다. 휘인 없이는 그 어떤 계획도 무의미했다. 구심점이 없으면 그 어떤 대단한 일행이라고 해도 쉽게 무너질 수 있다.

'휘인을 계획에서 뺀다?'

애초에 목표를 만든 이를 계획에서 뺀다는 건 말도 안 되었다.

그런 일은 단 한 번도 생각해 본 적이 없었다.

"십 년을 기다려야 되냐?"

뇌운비가 청운에게 조심스럽게 물었다.

"……."

청운은 대답할 가치를 느끼지 못했다. 십 년을 기다리는 일 같은 건 있을 수 없었다. 이미 판은 벌어졌다. 물을 이미 쏟은 상태란 말이다. 그 물을 다시 주워 담는다는 건 휘인을 혈옥에서 꺼내는 일만큼이나 불가능했다. 아니, 휘인을 혈옥에서 꺼내는 일보다 북해빙궁과 마교를 제자리로 원위치시키고 신승을 다시 무림맹으로 데려가는 일이 훨씬 불가능했다.

'휘인을 배제한 계획을 다시 세워?'

지금의 상황에서 휘인이 어떻게든 끼어들 수 없다면 계획에서 제외될 수밖에 없었다. 지금까지 단 한 번도 가정해 본 적이 없었지만, 혈옥을 억지로 열 수 있는 방법이 없다면 어쩔 수 없었다.

거기에까지 생각이 미친 청운은 희미한 미소를 띠어 보

였다.

"왜 웃냐? 휘인이 없는 게 그렇게 좋냐?"

뇌운비는 의문이 가득한 눈길로 청운을 쳐다봤다.

"아닙니다. 단지 좋은 방법이 떠올랐습니다."

"……?"

방금까지는 좌절에 가까운 반응을 보이다 갑자기 웃고 있으니 적응이 안 된다.

"돌을 만들 수 없다면 뺏을 수밖에 없습니다."

"……."

무슨 대단한 작전을 꺼내놓을 줄 알았던 뇌운비는 '결국에는 그거냐!' 라는 얼굴로 한숨을 쉬며 고개를 숙이며 중얼거렸다.

"그게 불가능하니까 우리가 이러고 있는 거 아니냐."

청운은 고개를 절레절레 흔들었다.

"불가능하지 않습니다. 우리가 힘을 합쳐 무림맹을 일통하게 되면 구파일방과 사벌이궁의 장문인들에게 그 돌을 요구할 수 있을 것입니다. 원래는 휘인이 포함되어야 하는 계획이지만, 그 없이도 그렇게 어렵지는 않을 것입니다."

"……."

청운의 말을 잠자코 듣던 뇌운비는 턱을 매만지며 그 부분에 대해 깊게 생각했다. 청운의 말처럼 쉬운 일이 아니었다.

"하지만 우리가 손을 잡기 위해서는 마교의 태상교주, 북해빙궁의 수뇌부를 죽여야 하잖아. 그 부분에서 휘인, 곽소천, 임홍이 필요한 거고."

청운과 뇌운비는 북해빙궁과 마교의 힘을 흡수하기 위해 일행에서 떨어져 나온 것이다. 뇌운비와 청운의 무공 특성을 고려하여 휘인이 떠올린, 그야말로 위험천만하기 짝이 없는 대담한 계획이라 할 수 있었다.

현재 마교는 태상교주만 처리되면 별 반발 없이 마교의 힘을 온전히 흡수할 수 있었다. 애초에 약육강식, 강자존의 사회이기 때문에 강자에게 절대 복종하는 마교인들의 가치관이 이점으로 작용될 수 있었다.

뇌운비가 비록 외부에 오래 있었지만 모든 마교인들이 존경하는 천마의 무공을 이었다는 점에서 그는 철저하게 마교인으로 존중받을 수 있었다.

북해빙궁은 마교보다 조금 까다롭다. 북해빙궁은 혈육을 중심으로 뭉쳐진 세력이기 때문에 그들의 충성심은 쉽게 굽혀지지 않았다.

당연히 백리천으로 위장하고 있는 청운은 북해빙궁의 문도들에게 절대적인 신뢰를 받고 있지만, 그렇다고 북해빙궁을 움직일 만한 권력이 있는 건 아니었다. 나름대로의 재량권은 있지만 궁주가 살아 있는 한 북해빙궁은 청운의 것이 아닌 궁주의 것이었다.

그뿐만 아니라 북해빙궁에서 장로로 일하고 있는 인물들 역시 궁주를 절대적으로 신뢰하고 있기 때문에 하극상은 있을 수도 없었다.

궁주가 외부인에게 죽지 않는 한 백리천이 궁주의 권력을 고스란히 인수받을 방법은 없었다.

휘인은 여기서 그 외부인 역을 맡아야 했다. 궁주를 직접 대면한 청운은 휘인이 아니면 그 누구도 그를 상대할 수 없을 것이라고 믿고 있었다.

'그 눈!'

아직도 궁주의 눈이 청운의 뇌리에서 잊혀지지 않았다.

짙은 살기를 쏟던 눈.

'어쩌면 휘인보다는 궁주가 더⋯⋯.'

휘인에 대한 절대적인 믿음을 흔들 정도로 궁주의 존재감은 대단했다.

"태상교주는 그쪽이 알아서 처리할 수 있다고 생각됩니다만."

뇌운비의 눈이 반짝인다.

청운은 알고 있었다.

자신이 어딘가 달라졌다는 것을.

뇌운비는 의미심장한 미소를 지어 보였다.

"그래, 이제는 그런 늙은이쯤은 단번에 날려 버릴 수가 있다."

인형설삼을 취하기 이전에는 조금 껄그러운 상대라고 볼 수 있었지만, 더 이상은 아니었다. 한두 달은 더 두고 봐야겠지만 인형설삼을 온전히 흡수하게 되면 태상교주와 맞수를 이루다 못해 조금 앞설 수 있을 것이라 뇌운비는 확신했다.

"그런데 너는 어떻게 할 생각이냐?"

애초에 마교는 별다른 문제가 없었다.

하지만 북해빙궁은 휘인이 있다는 전제하에서도 상당히 큰 문제였다.

그리고 이제는 휘인이 없다.

청운 혼자서 어떻게 해볼 수 있는 상대가 아니었다.

"북해빙궁에서 무림맹 임시 지부를 전격으로 치겠습니다. 그 와중에 궁주가 신승과 맞수를 이룰 수도 있고, 어쩌면 신승이 그를 죽일지도 모릅니다. 게다 현재 신승은 그의 친구와 함께 있습니다. 신승보다 고강한 무공을 지녔을지도 모르는 그런 의문의 무인과 말입니다. 운이 좋다면 궁주가 그때 처리될 것입니다. 그렇게만 되면 남은 수뇌부들은 저를 지지하겠죠."

뇌운비는 묵묵히 고개를 끄덕였다.

위험했던 판이 더 위험해졌지만 어차피 벌어질 판이었다.

뇌운비가 피할 리가 없었다.

"젠장, 휘인이 없으니까 어렵게 돌아가야 되잖아."

사실 청운의 작전은 그렇게 가능성이 높지 않았다. 신승과 그의 친구가 동시에 궁주를 친다는 보장이 없었고, 정말 신승과 그의 친구가 동시에 궁주를 공격한다면 궁주는 도망을 갈 가능성이 높았다.

그뿐만 아니라 현재 무림맹 임시 지부는 그 힘이 너무도 약했다. 마교와 북해빙궁과 동등한 적수라고 볼 수도 없을 정도로……

궁주가 나설 필요 없이 무림맹이 쓸릴 수도 있다.

그뿐만이 아니었다.

북해빙궁이 무림맹을 본격적으로 치기에는 명분이 부족했다.

마교가 건재한데 북해빙궁이 괜히 피를 흘릴 이유가 없었던 것이다.

그 누구도 어부지리를 만들어줄 생각이 없다.

물론 청운이 그렇게 말했으니 어떻게든 북해빙궁이 무림맹을 칠 수밖에 없는 상황을 만들 것이다.

"어렵기는 하겠지만, 더 이상 휘인이 필요없는지도 모르죠."

"……그게 무슨 뜻이냐?"

"그냥 해보는 말입니다."

뇌운비는 눈을 날카롭게 뜨며 청운을 노려봤다.

"그러니까 휘인은 더 이상 신경 쓰지 않겠다는 거냐? 혈옥에 갇혀 있든 말든? 이제는 필요가 없으니까 버리겠다, 이 말이냐고!"

뇌운비는 진심으로 화를 내고 있었다. 만약 그게 사실이라면 청운은 단순히 휘인을 이용해 먹기 위해서 일행에 합류했다는 말이 되었다.

청운은 담담하게 뇌운비의 반응을 받아넘겼다.

"그럴 리가 없잖습니까. 애초에 휘인 때문에 이런 큰일을 벌이기로 한 겁니다. 휘인을 혈옥에서 빼내기 위해서 목숨을 걸고 이런 일을 하는 거라고요."

뇌운비는 여전히 의심을 지우지 못한 눈으로 청운을 노려보고 있었다.

"이제 실랑이는 그만 하고 작전을 짜도록 하죠."

자신들이 원하는 각본대로 이루어지게 하기 위해서는 작전이 필요했다. 마교가 이렇게 움직이면 그에 따라 북해빙궁은 어떻게 움직이는지, 또 무림맹은 어떻게 나오는지 머리로 계산을 해야 한다.

그리고 결국에는 자신들의 목표가 이루어지게끔 모든 일을 진행해야 한다.

모두를 속인 채.

"일단 북해빙궁과 마교에서 임시 동맹을 형성하기로 하죠. 똑같은 전력을 동원하여 일단 무림맹 임시 지부를 초토화시킵니다. 삼파전은 감당할 수 없습니다. 삼파전이 길어지면 오히려 무림맹이 구파일방의 전격적인 협력을 얻을 가능성이 높아집니다. 구파일방이 마교와 북해빙궁을 심각하게 여기지 않는 지금, 당장 신승부터 처리해야 합니다."

뇌운비는 고개를 한 번 끄덕여 수긍의 뜻을 보였다.

"신승은 궁주가 처리해야 하는 거 아닌가?"

신승과 궁주가 동귀어진을 형성해 주어야 일이 수월하게 풀린다.

"맞습니다. 신승이 나타날 시점에 마교는 후퇴를 하세요. 그렇게 되면 신승은 궁주가 직접 상대해야만 하는 상황이 될 것입니다."

"……동맹이면 끝까지 같이 싸워야 하는 거 아닌가?"

"그냥 어기는 겁니다. 신승이 직접 손을 쓰기 전까지 열심히 임시 지부를 치다가 퇴로를 잘 봐서 빠르게 후퇴를 하면 북해빙궁은 어쩔 수 없이 남아서 뒤처리를 해야 합니다. 예상을 했다면 모를까, 북해빙궁은 마교가 배신하는 모습을 가만히 지켜볼 수밖에 없을 것입니다."

"흐음."

흠이 없는 괜찮은 작전이었다.

물론 뇌운비의 능력에 따라 실패할 수도, 성공할 수도 있는 작전이었지만, 뇌운비라면 치고 빠지는 적절한 시점을 찾아 명령을 내릴 수 있었다.

'느낌이 좋지 않아.'

청운은 휘인을 구해낼 수 없다는 말을 들은 이후 태도가 이상해졌다.

뇌운비는 그 사실을 확실하게 알 수 있었다.

하지만 청운의 말대로, 휘인을 구할 생각이 아니었다면 무리하게 이 일을 진행할 이유가 없었다. 무림을 뒤흔들어서 좋을 건 청운에게도 뇌운비에게도 없었다.

'도대체 휘인은 무슨 생각으로 혈옥에 들어간 거야!'

애초에 혈옥에 들어가기로 한 건 무리수였다. 일이 어떻게 틀어질지 모르는데 그런 위험천만한 곳에 제 발로 기어간 휘인을 이해할 수 없었다.

휘인도 없이 이런 큰일을 벌이는 것도 마음에 걸렸다.

모든 게 불확실했다.

"이것으로 비공식적은 마교와 북해빙궁의 첫 번째 회담은 끝인가?"

이 자리는 무림을 어떻게 뒤흔들지 논의하기 위해 마련된 게 아니었다. 같은 이해관계에 맞물려 어떻게 서로의 양보를 받아내어 조금 더 유리한 입장에 서기 위한 회담이었다.

"네, 이것으로 끝입니다."

청운이 의미심장한 눈빛을 띠었다.

뇌운비의 뇌리에서 좀처럼 사라지지 않는 그런 의심스러운 눈빛을.

뇌운비는 불쾌함을 떨쳐 버리고 그 작은 방을 빠르게 나왔다.

항상 그래 왔던 것처럼 그의 발걸음에는 힘이 넘쳤다.

뇌운비의 등을 보며 청운은 생각을 정리했다.

'이걸로 조금은 더 좋아진 건가?'

휘인이 혈옥에서 썩어가는 장면이 눈에 선했다. 누군가가 풀어주지 않는 한 절대로 나올 수 없는 곳, 혈옥에 갇힌 휘인의 모습에 미소가 저절로 떠오른다.

형량이 십 년이기에 그가 다시 세상에 나오기는 할 것이다.

'물론 신승이 무림을 다시 통합하고 무림맹에 복귀한다면 말이지.'

휘인은 무림맹의 법에 따라 형량 십 년을 선고받았다. 그리고 무림맹의 법에 따라 형량을 다 살면 자유인이 된다.

하지만 무림맹이 사라지면 형량을 살 필요도, 자유인이 될 가능성도 없어진다. 무림맹이 무너지면 현재 형량을 살고 있는 죄수들을 풀어줘도 상관없고, 형량을 이미 다 살았어도 꼭 풀어줘야 할 이유도 없다.

다음 대 무림 주인의 마음이란 말이다.

뇌운비의 생각대로면 이 일이 정리되는 대로 휘인을 꺼낼 수 있다.

'물론 그건 놈의 생각이지.'

청운의 미소는 점점 짙어져 갔다.

'어쩌면 뇌운비가 실망하게 될지도 몰라. 재수가 없게도 장문인들 중 하나가 그 혈옥의 결계를 푸는 돌을 잃어버리게

되어 절대로 휘인이 못 나올 수도 있으니까.'

혈옥의 결계를 푸는 돌만큼 중요한 게 없기 때문에 장문인들은 그것들을 평소에 잘 보관하고 있을 게 분명했다. 어쩌면 항상 품에 갖고 다닐 수도 있다.

그들이 바보가 아닌 한 그런 귀중한 걸 잃어버릴 이유가 없었다.

하지만 이상하게도 청운은 그런 일이 일어나리라고 확신하고 있었다.

음흉한 미소를 지으며.

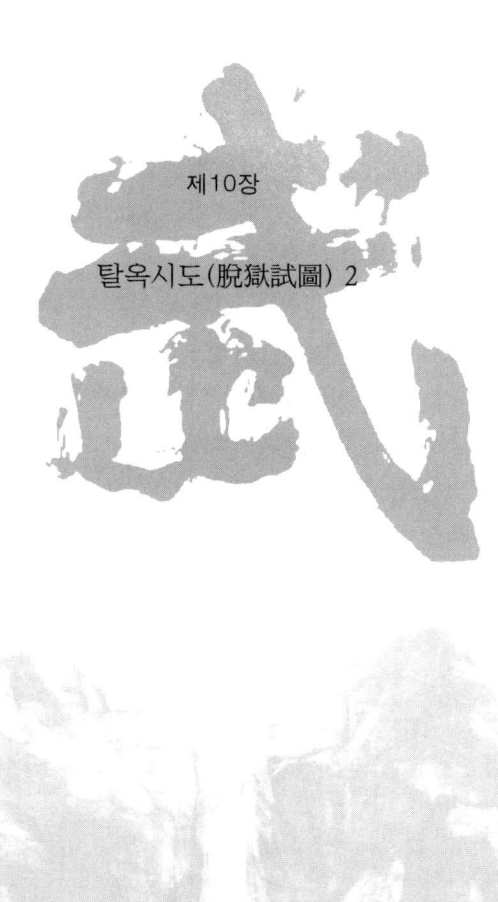

제10장

탈옥시도(脫獄試圖) 2

"흐아암!"

임홍은 두 눈을 비비고 나서 기지개를 켜며 몸을 일으켰다. 언제부터 잠을 자기 시작했는지는 몰라도 숙면을 취했다.

"거참, 잠 한번 요란하게 자는군."

곽소천이 핀잔을 주었다.

임홍은 주위를 둘러보며 어깨를 으쓱였다.

"......!"

그때 임홍은 무엇인가를 발견했다.

"혈옥의 문이 열려 있어!"

곽소천이 임홍에게 무엇인가를 말하려고 하는 순간이었다.

"혈옥이 열려 있는데 왜 다들 여기에 앉아 있는 거야! 당장 나가자!"

임홍은 서슴없이 혈옥을 나가려 했다.

쿵!

안타깝게도 임홍은 다시 기절했다.

"멍청한 놈."

소여락은 고개를 절레절레 흔들었다.

아마 임홍은 아까와 마찬가지로 이번에도 역시 혈옥 결계의 위력을 인지하기도 전에 쓰러진 모양이었다.

생각도 안 하고 일단 행동부터 하는 사람은 언제나 골치 아플 뿐이었다.

"이제 어떻게 할 생각이지?"

곽소천이 소여락에게 물었다. 지금까지 곽소천이 단둘이 있을 때 말을 걸어온 적이 없기에 소여락은 주위를 한 번 둘러보다가 '나한테 말하는 거냐?'라는 표정을 지어 보였다.

곽소천은 고개를 끄덕였다.

소여락은 '풋' 하며 웃었다.

비웃음이었다.

"너라면 어떻게 하겠어? 무슨 질문이 그따위지? 이 혈옥에서 뭘 할 수 있다고 생각까지 해."

혈옥을 나갈 수는 없다. 그렇다면 곽소천의 질문은 혈옥 안에서 무엇을 할 거냐는 말인데, 감옥 안에서 할 게 있으면 뭐가 있겠는가.

그런 걸 떠올려 봤자 자신의 신세가 처량하다는 사실만 깨닫게 될 뿐이었다.

곽소천의 눈빛은 진지하기만 했다.

"지금쯤이면 중요한 판단을 내려야 하지. 이 혈옥에서 벗어날 수 있다는 희망을 끝까지 가지고 불확실한 미래를 기다릴 건지, 아니면 희망을 버리고 이 혈옥에서 지금까지 꿈꿔왔던 삶을 저버리고 새로운 삶을 꾸려 확실하지만 암울한 미래를 그릴 건지를 선택해야 되지 않겠나?"

"……."

곽소천의 말에는 일리가 있었다.

하지만 어떤 것도 선택하고 싶지 않았다. 어떻게 판단하고 선택을 하든 고통스럽기 그지없었다. 그냥 그 문제를 잊어버리는 게, 지금 소여락이 하고 있는 것이었다.

"물론 지금처럼 문제를 무시할 수는 있어. 하지만 무시하면 무시할수록 오히려 그 문제는 너를 옭아맬 거다. 그런 건 정신 건강이 좋지 않지."

곽소천의 한마디 한마디는 소여락의 뇌리를 날카롭게 스쳐 지나갔다.

"그만 해."

소여락은 날카롭게 외쳤다.

소여락은 그걸 몰라서 그 문제를 무시하고 있는 게 아니었다.

그렇다고 그냥 무시하고 싶어서 무시하고 있는 것도 아니었다.

단지 지금 당장 그 부분에 대해서 생각을 하면 미쳐 버리지 않고는 견딜 자신이 없었다.

소여락은 그 문제를 무시함으로써 미치기까지의 시간을 조금 더 벌고 있었다.

그런데 곽소천이 그 화두를 머리에 심자 그야말로 미치기 일보직전까지 가고 있었다.

그때 곽소천이 소여락의 손을 슬며시 잡았다.

"무섭다고 피하는 건가? 두려운가?"

자기 딴에는 용기를 북돋아주려는 모양이었다.

소여락은 곽소천을 경계하며 그가 꽉 잡고 있는 자신의 손을 한 번 쳐다보고는 곽소천을 한 번 쳐다봤다. 정확하게는 그의 눈을…….

"풋."

소여락은 피식 웃었다.

"그러니까 결론은 나랑 자고 싶다, 이거지?"

"꼭 그렇게 직설적으로 표현하지는 않겠다만, 네 마음대로 생각해라."

곽소천은 항상 당당했다.

뇌운비와 휘인처럼······.

대담하기도 했다.

하지만 그런 곽소천도 지금까지 소여락처럼 대담한 여자는 처음 봤다. 눈치도 빠르지만, 정말 그런 일(?)도 대수롭지 않게 말하는 사람은 처음이다.

오히려 곽소천이 당황할 정도다.

"귀엽다."

곽소천은 소여락의 싸늘하게 식어 있는 눈을 바라봤다. 너무하리라 싶을 정도로 항상 차가운 그녀였다. 뇌운비처럼 핀잔을 주기 일쑤이고, 그 어떤 사실도 긍정적으로 받아들이지 않는다.

이런 와중에 이런 생각을 하기에는 조금 그렇지만,

'매력적이군.'

남녀가 단둘이(물론 임홍이 있었지만 코까지 골며 잠을 자고 있으니 무시할 수 있었다) 남겨지게 되면 묘한 분위기가 생성된다.

곽소천과 소여락 역시 남자와 여자였다.

안타깝게도 그 순간은 오래가지 않았다.

"오! 혈옥의 문이 열렸네? 흐음, 결계는 아직도 여전한 모양이군."

갑자기 어디에서 솟아났는지는 몰라도 혈마가 등장했다.

곽소천은 황급히 소여락의 손을 떼어냈다.

그때 둘이 바짝 붙어 있다는 사실을 깨달은 혈마는 얼굴을 붉히며 두 눈을 가렸다. 물론 손가락을 벌리는 건 잊지 않았다.

"이거, 미안하이. 늙은이가 눈치도 없지. 흠흠, 그럼 늙은이는 갈 테니, 볼일 마저 보게."

"……."

"……."

곽소천과 소여락은 꿀 먹은 벙어리마냥 아무 말도 하지 못했다.

항상 싸늘한 표정을 유지하는 소여락도 요번만큼은 얼굴을 붉혔다.

혹시 뭐 볼 게 없나 싶어 눈을 살짝 가리고서도 최대한 천천히 뒷걸음질을 하는 혈마의 모습에 곽소천은 이를 갈았다.

"이봐, 혈마. 아무 일도 없었으니까 주책 좀 그만 떨지? 아까 했던 말이나 계속해 봐. 이 결계에 대해서 알아?"

혈마는 곽소천의 말에 실망했는지 입맛만 다시며 씁쓸한 표정으로 풀이 죽어 있었다.

곽소천은 주먹으로 혈마를 후려칠 뻔했다.

"이봐! 대답을 해야지! 무슨 생각을 하고 있는 거야!"

유난히 큰 목소리에 임홍이 눈살을 찌푸리며 눈을 떴다. 잠에도 그 한계가 있는 모양이었다. 처음에는 열두 시진가량을 뻗어 있었는데 이번에는 이각을 조금 넘겨서 일어나는 걸 보면.

"어어? 다 모여 있네? 하아암, 왜 이렇게 자도 자도 피곤하냐."

임홍은 짜증난다는 얼굴로 허리를 주물렀다. 잠이라도 과하면 적은 것보다 좋지 못하다. 임홍의 경우에는 잠이 과하다 못해 이제 삼 일은 자지 않아도 되리라.

"어어!"

임홍이 활짝 열린 혈옥의 문을 보며 놀라고 있었다.

곽소천은 눈을 지그시 감았다.

어떤 일이 벌어질지 뻔했다.

"이거 꿈에서 봤어! 나, 선견지명(先見之明)이 있나 봐. 꿈에서 나오는 게 현실로도 일어나네? 그런데 꿈에서는 저기에 닿자마자 기억이 사라지던데?"

곽소천은 슬며시 눈을 떴다.

드디어 저 곰이 두 번 동안이나 기절을 하면서 무엇인가를 배운 듯하다.

임홍은 무엇을 곰곰이 생각하더니 이마를 탁! 치며 입을 열었다.

"꿈 따위를 너무 자세하게 생각하다니. 나 같은 바보도 따로 없겠다. 큭큭."

무엇이 그렇게 좋은지 싱글벙글이다.

"이봐? 왜 안 나가? 나가자!"

"......."

곽소천, 소여락은 멍하니 임홍의 행동을 예의 주시했다. 아무리 바보라도, 정말 두 번 당하고도 깨닫지 못하는 걸까?

"......!"

그때 임홍이 걸음을 멈췄다.

무엇인가가 이상하다는 얼굴이다.

"꿈에서도 이런 일이 똑같이 있었어. 너희들은 가만히 있고 나 혼자 여기를 통과해 가려는데 갑자기 꿈이 끊겼어. 거참, 이상하지?"

곽소천은 어처구니가 없어 할 말을 잃었다.

결계에 대해서 경고해 주지 않으면 또다시 기절을 할 임홍이었다.

그때 혈마가 끼어들었다.

"이 혈옥은 문에 의해 막혀 있기도 하지만, 그것보다 더 무서운 건 결계라네. 소림의 고승이 고안한 결계라고 하는데, 정말 번거롭지. 들어올 수는 있지만 나가려고 하면 기절을 시키고 물리적으로 튕겨내기도 하지. 바위도 던져 봤는데, 정말 성벽이라도 쌓아져 있는지 흠도 안 나네."

몸으로 어떻게든 결계에 흠을 내보려고 시도를 하면 기절을 할 테고, 바위를 던져서도 흠이 안 나면 검이라고 해서 다를 바가 없었다.

그때 임홍이 고개를 갸웃거리다 '말도 안 돼' 라는 표정으로 혈마의 등을 툭, 쳤다.

"나 속이려는 거지? 나한테 골탕 먹이려는 거잖아! 크하하
하, 속아 넘어갈 뻔했어. 그 정도의 칭찬은 해주지. 어쨌든 이
임홍님을 속이기 위해서는 조금 더 화려한 거짓말이 필요하
단 말씀."

임홍은 피식 웃으며 혈옥을 나가려 했다.

쿵!

"……"

머리가 나쁘면 몸이 고생이다.

"이 결계가 검강에는 어떤 반응을 보이는지 시험해 봤나?"

검강 역시 부분적으로는 물리적이라 볼 수 있었지만, 어쨌
든 무식하게 바위를 던지는 것보다는 훨씬 효과적이라고 할
수 있었다.

곽소천의 질문을 받은 혈마는 할 말을 잃었다.

"……"

혈마는 대답을 해주는 대신 마치 곽소천이 임홍을 쳐다보
며 '병신'이라 말하는 듯한 눈빛으로 그를 쳐다보며 손가락
으로 머리를 가리켰다.

'머리 좀 써봐!'

곽소천은 잠시 혈마가 무엇을 말하려 하는지 이해할 수가
없었다.

답답한 나머지 소여락이 대신 말해줬다.

"내공이 있는 건 우리지 저 노인네가 아니라고. 지금 누워 있는 곰탱이랑 너랑 어떻게 다른지 모르겠다."

"……."

이 세상에서 가장 심한 욕을 들은 사람의 얼굴을 하며 곽소천은 바닥에 머리를 찧었다.

쿵쿵!

곽소천이 얼마나 충격을 받았는지 그 소리가 동굴을 울렸다.

그때 소여락이 자리에서 일어나 그녀의 검을 집어 들었다.

날카로운 예기가 쏟아지는 가운데 곽소천과 혈마는 침을 삼키며 무엇인가를 기대하는 눈빛으로 소여락의 검끝으로 시선을 가져갔다.

"합!"

소여락의 기합 소리와 함께 족히 이 척은 될 듯한 새파란 검강이 그녀의 검에서 뿜어져 나왔다.

콰광!

검강이 결계와 정확하게 충돌을 했다.

"……."

그때, 조용한 정적이 흘렀다.

세 사람의 뇌리를 스치는 의문이 딱 하나 있었다.

'결계가 없어졌나?'

세 사람은 묘한 눈빛을 서로 교환했다. 특히 소여락과 곽소천은 서로에게 몇 번을 더 눈빛을 보내었다. 그리고는 애써 웃음을 참으며 혈마를 향해 다가갔다.

'직접 시험해 보는 수밖에.'

모처럼 마음이 맞은 소여락과 곽소천은 각자 혈마의 팔 하나를 붙잡았다.

"이, 이보게! 일단 진정하게. 머리를 식히고 차분하게 생각하면 다, 다른 방법이 있을 거야!"

퍽!

심하게 발악을 하기에 곽소천은 혈마의 뒤통수를 세게 때렸다.

"이게 무슨 짓……!"

혈마가 말을 채 끝내지 못하고 무형의 벽에 코를 박아야만 했다.

쿵!

혈마는 '당했다'는 얼굴을 유지한 채 임홍의 옆에 나란히 누웠다. 호흡은 고른 게 수면 상태에 도달한 모양이다.

"흐음."

곽소천과 소여락은 복잡한 심경이 담긴 눈빛을 교환했다.

그때 소여락이 조심스럽게 털어놓았다.

"다시 한 번 검강을 썼으면 굳이 이렇게 확인하지 않아도 알 수 있었을 텐데……."

곽소천이 피식 웃었다.

"나는 돌을 던지면 어떨까 생각했다."

꿈틀.

곽소천과 소여락의 잔인한 대화를 엿들었을까? 혈마의 표정이 심각하게 굳어지며 몸을 뒤척이기 시작했다. 그렇지만 깨어나지는 않았다.

그들은 놀란 가슴을 진정시키며 심호흡을 했다.

"헉!"

그 와중에 누군가가 곽소천의 어깨에 손을 올리자 그는 기겁했다.

"아악!"

갑자기 곽소천이 소리를 지르자 소여락도 덩달아 괴성을 질렀다.

"뭘 그렇게 놀라지?"

휘인이었다.

곽소천은 또 한 번 놀란 가슴을 쓸어내렸다.

"기척없이 다가와 어깨에 손을 올려놓고서는 왜 놀란 거냐고 묻나?"

휘인은 어깨를 한 번 으쓱였다.

그리고는 손가락으로 임홍을 가리키며 '애 아직도 누워 있어?' 라는 눈길을 보냈다.

곽소천은 이야기도 하기 싫다는 얼굴로 고개를 절레절레

혼들었다.

그러자 휘인의 시선이 그 옆에 닿았다.

"흐응~"

갑자기 묘한 신음 소리를 내며 상기된 얼굴로 행복한 미소를 짓는 혈마가 누워 있었다.

"……."

"……."

무슨 꿈을 꾸는지 알고 싶지도 않다.

휘인은 애써 화제를 돌렸다.

"강기도 무력하게 만드는 결계인가?"

소여락이 고개를 끄덕였다.

"우리는 완전히 갇힌 거야."

원성이다.

휘인은 소여락이 뭐라 하든 말든 결계를 유심히 바라봤다. 보이지도 않는 투명한 결계를 말이다.

'어쩌면 그냥 저 너머 길을 보는 걸 수도.'

물론 단순히 혈옥의 바깥으로 이르는 긴 길을 보는 걸 수도 있었다.

그때 휘인의 눈빛이 번뜩였다.

지금까지 똑같은 장소에 있었지만 구석에 처박혀 그 누구의 관심도 받지 못한 인물이 있었다. 방금 전까지는 부동의 자세를 유지하며 잠을 취하고 있었지만 시간이 흐르면 흐를수록 그 부동의 자세는 깨지기 시작했다.

부스럭부스럭.

진천악은 몸이 불편하여 뒤척여 봤지만 너무도 오랫동안 누워 있었는지 더 이상은 견딜 수가 없었다.

진천악은 무거운 눈꺼풀을 들고는 주위를 둘러봤다. 너무 어두침침했지만 눈에 힘을 주니 별 문제 없이 볼 수 있었다.

"……."

진천악은 눈을 비볐다.

아직 이물질(?)이 껴 있어서인지는 몰라도 진천악은 그가 방금 봤던 것(?)들을 믿을 수가 없었다. 게다 주변의 환경 역시 너무도 낯설었다.

조금 환해진 시야를 확보한 진천악은 다시 한 번 심호흡을 하며 주위를 둘러봤다.

"……!"

여전히 믿을 수가 없었다.

징그럽게 생긴 덩치가 큰 곰 같은 괴생명체(?) 하나와 거지나 다름없는 노인 한 명이 나란히 누워 있었다. 아니, 누워 있기만 하면 별 문제가 없을 텐데 서로 껴안고 있는 모습은 헛구역질을 자아냈다.

'연인인가?'

망치로 세게 두드려 맞은 기분을 뒤로하고 진천악은 상황 파악에 들어갔다. 자신이 어떻게 이런 비상식적인 연인(?)과 함께 여기에 누워 있는지 알아내야 했다.

'혈옥!'

가장 먼저 떠오른 건 자신이 혈옥에 오고 있었다는 사실. 그 이후 뇌운비와의 만남, 그리고…….

'개자식! 날 밀어 넣다니!'

그의 얄팍한 속임수.

마지막으로…….

'휘인!'

그의 무표정한 얼굴이 아직도 눈에 선했다. 말도 한 번 못해보고 이런 꼴을 당하다니!

진천악은 수치심에 고개를 푹 숙였다.

"분명 여기에 휘인은 물론 남자 한 명과 여자 한 명이 더 있었는데?"

곽소천과 소여락의 얼굴을 기억하는 진천악은 주위를 둘러봤지만 그들의 기척은 느껴지지 않았다.

그러다 문득 눈에 들어오는 것이 있었다.

'그러고 보니까 문이 열려 있었지? 이 이상한 연인들은 나 버려 두고 자기들끼리 나갔나 보네.'

그렇게 확정 지으며 혈옥의 문을 나서며 진천악은 불안한 느낌을 지우지 못했다.

쿵!

진천악은 수마에 잡혀 스르르 쓰러지면서 그 이유를 알아챘다.

'그래, 이상한 결계가 있었지!'

물론 그가 깊숙한 잠이 든 이후였다.

아무런 관심을 못 받던 진천악은 결국 다시 임홍과 같은 전철(前轍)을 밟았다.

그때 어떤 소리를 듣고 한 암혈에서 나오는 인물이 있었다. 무뚝뚝한 표정에 짙은 일자 눈썹. 휘인이었다.

휘인은 진천악을 한 번 바라보더니 작게 읊조렸다.

"잠도 많군."

'누구지?' 와 같은 지극히 상식적인 의문은 없었다.

진천악은 여전히 관심을 받지 못하고 있었다.

제11장

누란지세(累卵之勢)

"정말 잘 왔다."

그 한마디였다.

별 특별한 말도 아니었다. 누구나 하루에 한두 번쯤 들을 법한 일상적인 말이었다. 물론 그 '일상적' 이라는 부분은 상대적이다. 어떤 이들은 그냥 담담하게 받아넘기는 인사말일 수도 있지만, 화린에게 있어서 그 따뜻한 한마디는 눈물이 날 정도로 감동스러웠다.

"신승님……."

화린은 결국에는 울음을 참지 못하고 눈물을 터뜨렸다.

흑흑 흐느끼며 그녀는 신승의 품에 안겼다. 왜소한 몸이었지만 따뜻한 열이 전해졌다. 그것으로 충분했다. 그것으로……

화린은 한참을 그렇게 안겨 있었다. 감정을 추스르는 데 생각보다 오랜 시간이 걸렸다.

"그래, 푹 쉴 수 있는 방을 줄까?"

화린은 어린아이처럼 울었던 게 부끄러웠던지 고개를 푹 숙인 채 작게 끄덕였다.

신승에게 방의 위치를 받은 화린은 조용히 신승의 방을 나섰다.

그녀의 뒷모습을 측은하게 바라보는 신승에게 태선이 음흉한 눈빛을 보냈다.

"……."

처음에는 무시했지만 그 눈빛이 끊이지를 않자 신승을 신경 쓰이게 만들었다.

"뭔가?"

이번에는 음흉한 미소를 지어 보이며 태선이 말했다.

"요즘도 재미가 좋은가 봐? 후후, 파릇파릇한 여아와 이각 동안 껴안고. 역시 사람이 우울할 때 달래주는 게 최고라니까. 암암, 그렇고말고."

신승은 혀를 찼다.

"쯧쯧, 그 나이 먹고서도 아직 정신을 못 차렸나? 청학의 손녀네, 손녀."

"청학? 전대 무림맹주? 그 무림공적과 독특한 관계를 가졌던 주화린 말인가?"

태선은 근래 정보를 습득하며 시간을 때우고 있었다. 특히 무림공적과 신승의 주변 인물에 대한 정보를 최대한 모으고 있었다.

자신의 주변 인물은 그렇다 쳐도 무림공적에 대한 정보를 모으는 태선을 신승은 이해하지 못했다. 이미 혈옥에 들어간 인물에 대한 정보는 별 쓸모가 없다고 볼 수 있었지만 태선은 그래도 굳이 고집했다.

주화린은 유일하게 태선이 모으던 두 종류의 정보 모두에 속한 사람이었다.

"그렇다네."

"……."

화린이 어떤 일들을 겪었는지 조금이나마 아는 태선은 더이상 장난기 가득한 눈을 가지고 있지 않았다. 대신 신승과 마찬가지로 측은지심을 느꼈다.

"어린 나이에 너무 많은 일들을 겪었지."

과연 그녀가 이 세상에서 믿는 사람이 몇이나 될까.

그것을 생각할 때마다 신승은 자신의 마음이 찢어지는 것만 같았다.

게다 자신은 그녀에게 별 도움이 되지 못했다. 같이 시간이라도 보내주면 좋겠건만, 이 무림맹 임시 지부장이라는 직책은 그럴 여지를 조금도 주지 않았다.

일촉즉발의 때이기에 너무도 힘들다.

"휴우."

신승의 복잡한 감정을 일 푼만치도 담지 못한 아득한 한숨
이었다.

"화린!"

다른 이들보다 유난히 머리가 짙은 검은색의 매혹적인 여
인이 화린을 향해 달려가고 있었다. 화린은 그녀를 알아보며
활짝 웃었다.

"령!"

둘은 포옹을 했다.

독고령은 무림맹주가 죽은 이후 처음으로 보는 화린을 보
며 어떻게 위로해야 할지 고민했지만, 그녀는 그냥 화린을 꽉
안아주었다.

화린에게는 그 정도로 충분했다.

그녀의 애정이 자신에게 고스란히 전해진다.

"요즘 어떻게 지내!"

독고령은 방긋 웃으며 밝게 물었다. 눈도 웃고 있어 괜히
화린의 기분도 밝게 만들어주었다.

"뭐, 그럭저럭."

차마 좋다고 말하지는 못했다.

"오랜만에 보니까 좋다! 우리 화린, 여전히 예쁜데? 너 혼자서만 몸에 좋은 거 먹는 거 아냐? 못 본 사이에 가슴이 커졌어!"

화린의 목소리가 미세하게 떨린다는 사실을 알아채고는 화제를 돌리기로 한 독고령이었다.

물론 눈에 쌍심지까지 켜며 화린을 몰아세우는 독고령은 그런 좋은 의도 이외에도 질투심이 내포되어 있는 것 같았다.

"킥킥, 내가 커졌으면 얼마나 커졌다고 새삼 그러니."

화린은 오랜만에 진심으로 웃어봤다. 진천악과 헤어지고는 정말 오랜만에 웃는다.

"아니야, 너 수상해. 요즘 뭐 먹니! 혼자만 예뻐지려고 비싼 약 지어 먹는 거 아니야!!"

화린은 어깨를 으쓱였다.

그러자 독고령의 눈이 더욱 커졌다.

"진짜구나! 어디서 지어 먹니? 나도 좀 알려주라. 응? 제발!!"

어딘가 절박하게 들리는 음성이 화린은 웃어야 할지 말아야 할지 갈피를 잡지 못했다. 그런 복잡한 분위기 가운데 난데없이 끼어든 인물이 있었다.

"화린이 무슨 약을 먹는다고 그래! 화린이의 발육은 정상이야! 천연 자연산이라고! 너처럼 애초에 빈약한 게 아니란 말이야."

"지금 뭐라고 했니?!"

뚝.

만약 이성이 끊어지는 소리가 들린다면 이런 소리가 들릴 것이다.

"크오오!"

독고령은 괴성을 지르며 무여휘를 향해 달려들었다. 성난 황소보다도 더욱 무서운 기세로 돌진하는 그녀의 모습에 무여휘는 기겁하며 화린의 등 뒤에 숨었다.

"치사하다! 여자의 등 뒤에 숨냐!"

독고령은 무여휘의 자존심을 건드려 그를 공격하기 조금 쉬운 상황을 만들어보려 했지만, 독고령의 앞에서는 자존심을 저기 하늘 너머로 던져 버린 무여휘였다. 그는 오히려 혀를 쏙 내밀어 독고령의 약을 살살 올리는 데 집중하고 있었다.

"……."

독고령은 무여휘에게 뭐라 쏘아붙이고 싶었지만 마땅한 말이 떠오르지 않았다.

말로써 어떻게든 그를 이기고 싶었는데, 안타깝게도 언변에서는 무여휘가 우위에 있었다. 무여휘는 놀리는 데 타고난 감각이 있었다.

"그것만 빈약한 게 아니라 관대함도 빈약한 거였어. 쯧쯧, 불쌍해라."

이런 감각 말이다.

"……."

무슨 말이 필요하리오.

"크오오!"

말보다는 주먹이 먼저다. 일단 두들겨 패고 훈계는 그 다음이다.

독고령은 무여휘에게 틈도 주지 않고 그를 붙잡았다. 그리고는 사악한 미소를 띠어주었다.

"왜, 왜 이러시나요. 풍만한 몸매와 아름다운 얼굴이 적절하게 어우러지신 독고령님, 왜 그렇게 서, 섬뜩하게 쳐다보시나요."

기어 들어가는 듯한 목소리로 중얼거리는 무여휘가 불쌍하지도 않은지 독고령을 그를 눕히고 아무렇게나 집어 든 장작으로 두들겨 패기 시작했다.

퍽!

"꺄오!"

퍽퍽!

"크흑!"

퍽퍽퍽!

으득!

"꺄아아~"

무여휘는 자신이 얼마나 여러 종류의 괴성을 지를 줄 아는지 무려 한 시진 동안 자랑했다. 물론 자랑을 하기 위해서 소리쳤다고 하기보다는 애절하게 구조 요청을 위해 외친 거겠지만, 안타깝게도 구조는 이루어지지 않았다.

심지어 화린까지 그 모습을 보며 웃음을 터뜨리고 있는데 무여휘에게 다른 구세주가 있을 리가 없었다.

'젠장.'

강희는 벌써 칠 일을 더 허비한 자신이 한심했다. 며칠 전 청운에게서 휘인을 빼낼 수 없다는 전서를 받은 이후로는 머리가 더욱 복잡해졌다.

청운은 그녀가 하는 일이 무엇이든 그것에만 집중을 하라고 했지만 그녀는 그렇게 할 수 없었다.

자신의 주위를 돌며 추파를 던지는 척하지만 경계하는 태선 때문에 신승에게는 전혀 접근할 수 없었고, 접근도 못하는데 그를 암살할 수 있는 방법이 있을 리가 없었다.

강희가 심각한 표정으로 고민하는 가운데 누군가가 그녀의 앞을 지나가고 있었다.

누군가가 자신의 앞을 지나가고 있다는 사실을 알았지만 강희는 누구인지 확인하려고 하지 않았다. 다만 복잡한 머리를 어떻게든 식힐 생각뿐이었다.

상대는 강희가 관심을 가져 주지 않자 이번에는 반대로 돌아 계속해서 강희의 앞을 왔다 갔다 했다.

안 그래도 짜증나는 일로 가득 찬 머리를 누군가가 보태주
자 그녀는 살기가 담긴 눈으로 상대를 올려봤다.

물론 그녀의 살기는 태양에 눈 녹듯 금세 사라졌다.

"풋."

강희는 웃음을 참을 수가 없었다.

노인처럼 허리를 두들기는 데다 다리를 절뚝이며 고통스
런 표정을 지어 보이는 무여휘의 모습은 우스꽝스럽기 그지
없었다.

그뿐이 아니었다.

한쪽 눈에 피멍이 든 무여휘의 모습이 조금 귀엽기는 하지
만 역시 웃음이 터져 나왔다.

"호호호, 계단이라도 구른 거니?"

그녀의 시름은 이미 사라졌다.

무여휘는 강희의 옆에 힘겹게 앉으며 신음을 토해내었
다.

"끄응, 정말 악녀에요, 악녀! 어째서 지 몸이 빈약한 걸 나
한테 화풀이하는지 모르겠어요."

강희는 단번에 무여휘의 말을 알아들었다. 또 놀리다가 이
번에는 된통 맞은 모양이었다. 조금 심한 감이 없잖아 있었지
만, 아마 무여휘가 그만큼 심하게 놀렸으리라.

"적당히 하지 그랬어."

"저는 평상시와 똑같이 했는데, 오늘은 이상하게도 열등감

에 휩싸여 진심으로 받아들이더라고요. 아마 화린이랑 너무 비교가 돼서 열 받았나 봐요."

"화린?"

어디에선가 분명 들어본 이름 같은데 선뜻 떠오르지 않았다.

"주화린 말이에요. 몰라요? 돌아가신 무림맹주님의 손녀요."

"아아."

휘인과 절친한 관계였던 화린. 드디어 그녀는 화린을 떠올렸다. 동료이다 보니 휘인에 대한 조사를 하는 과정에서 강희는 화린에 대해서도 많이 알게 되었다.

"예쁜가 봐?"

휘인이 마음에 뒀던 여인이기에 강희 역시 관심을 안 가질 수가 없었다.

"화린이요?"

화린을 떠올리는 무여휘의 얼굴은 조금 상기되었다.

"예쁘죠. 밝고, 당당하고, 당돌하고. 예전에는 령처럼 빈약한 과에 속했는데 요즘에는 누이와 거의 비슷해진 것 같아요."

"나처럼?"

강희는 무여휘가 무슨 말을 하는지 선뜻 알아듣지 못했다.

무여휘는 그런 그녀의 반응을 오해했다.

"아아, 물론 누이가 더 크죠! 비교할 걸 비교하라고 해요. 후후."

"……."

괜히 물었다.

무여휘가 크기를 비교하는 대상은 이 세상에서 단 한 가지였는데 멍청하게도 그걸 물어보다니.

"령의 말대로 너는 변태인가 보다. 항상 여자 가슴 얘기만 하고."

강희는 입술을 쑥 내밀었다.

무여휘는 강희에게마저 변태 취급을 당하자 황급히 두 손을 흔들며 부인했다.

"변태라니요! 여자의 미모를 이 세상에서 가장 잘 이해해 주고 알아주는 사람을 변태라고 하나요! 조금 더 까다로운 심미안을 가지고 있다는 단 하나의 이유만으로 저를 변태로 전락시키시면 앞으로 안 놀 거예요!"

무여휘의 태도는 정말 당당하기 그지없었다. 하늘을 우러러 한 점의 부끄럼도 없어 보였다.

'말이라도 못하면.'

"그럼 말던지."

정작 강희가 이렇게 나오자 무여휘는 더욱 당황하며 강희의 팔에 바짝 붙었다.

"이거 왜 이래! 떨어져, 변태!"

아무리 흔들어도 무여휘는 떨어지지 않았다.

"변태라고 해도 좋으니까요. 제발 절 버리지 말아줘요. 예? 제발요!"

애걸복걸하는 무여휘의 모습에 강희는 졌다는 듯이 두 손 두 발을 다 들었다.

"알았어! 알았으니까, 이거 놓을래?"

"히히, 약속한 거예요."

"알았다니까!"

강희는 너무도 좋아 싱글벙글하는 무여휘를 보며 흐뭇한 미소를 지었다.

항상 이렇게 엉뚱하지만 그의 성격은 진지하기 짝이 없다는 사실을 강희는 알고 있었다. 직업이 직업이다 보니 한눈에 대상을 파악하는 능력이 그녀에게 있었다.

'좋은 애구나.'

그 둘의 오붓한 시간을 깬 것은 독고령이었다.

"이야! 이제 살림만 차리면 되겠어?"

갑자기 독고령이 나타나자 무여휘는 강희의 팔에서 단숨에 삼 장을 떨어졌다.

그리고는 변명했다.

"아니야. 네가 충분히 오해할 만한 상황이라는 걸 알지만, 나에게는 너밖에 없는 거 알지?"

무여휘는 느끼한 눈과 음성으로 독고령에게 말했다.

독고령은 헛구역질을 하며 외쳤다.

"무여휘. 너, 미쳤구나?"

그러자 무여휘가 오랜만에 쌍심지를 켰다.

"무여휘? 너, 요즘 들어 무 오라버니라고 안 부르더라? 내가 그렇게 만만해!"

항상 엉뚱하고 장난기 가득한 무여휘가 언성을 높이자 강희가 깜짝 놀랐다. 정말 화가 난 게 아닌가 걱정이 되기도 한다.

하지만 그건 강희가 무여휘를 안 지 그리 오래되지 않았기에 충분히 들 수 있는 착각이었다.

"엉. 만만해. 왜! 내가 미워?"

"아니, 그냥 사랑스러워서. 원래 연인 사이에는 이름을 부르는 거야."

"여, 연인! 웃기고 자빠졌네. 우리가 연인이냐? 철천지원수지!"

"허어, 나한테 튕기겠다, 이거냐?"

"……."

독고령은 할 말을 잃었다.

"……."

물론 그 장면을 지켜보던 강희 역시 마찬가지였다.

뚜벅뚜벅.

그때 사뿐사뿐 걸어오는 여인이 있었다. 웃고 있는 모습이 그 누구보다 아름다운 그 여인은 화린이었다.

"다 여기에 있네?"

화린이 나타나자 독고령이 다시 그녀의 품 안으로 달려들었다. 찐한 포옹을 나누고 나서야 독고령은 그녀를 놓아주었다.

그때, 무여휘가 달려들었다.

"……."

화린은 잠시 멍한 표정으로 그를 바라봤다.

"나는 안 해줘? 우리도 절친한 사이잖아!"

퍽!

가만히 있으면 매라도 덜 맞을 텐데 무여휘는 정말 매를 사서 맞았다.

무여휘는 자신을 때린 독고령을 노려봤다. 아마 뒤통수를 세게 맞았다는 사실보다는 화린의 품에 안기지 못했다는 사실이 불만스러운 것이리라.

"화린, 여기는 강희 언니. 나랑 무여휘랑 같이 주작단에 편성되었어."

화린은 강희와 마주 섰다.

"안녕하세요. 저는 령이와 친한 친구 사이인 주화린이라고 합니다. 만나뵙게 돼서 반갑습니다. 아, 물론 저는 여휘와는 거의 모르는 사이에요."

무여휘는 하늘이 무너진 듯한 얼굴로 화린을 멍하니 바라봤다.

물론 화린은 그를 철저하게 무시했다.

"호호호, 령과 친한 친구라면 나와도 친해질 수 있겠구나. 나는 강희라고 한단다. 희 언니라고 불러도 상관없어. 나도 여휘랑은 별 친분이 없으니까, 오해하지 않았으면 좋겠어."

"호호호, 그럼요."

둘은 마음이 잘 맞았다. 그런 그녀들의 분위기를 독고령은 만족스러워했다.

물론 볼까지 퉁퉁 불리며 이 상황을 마음에 안 들어 하는 이가 있었다.

그의 이름은 무여휘.

그가 열심히 공들인 여성들에게 찬밥 신세를 받는 무여휘였다.

'믿을 여자 하나 없다니까.'

무여휘가 막 그들과의 각별한 애정을 재확인하기 위해 발언을 하려는 찰나였다.

장내의 분위기가 급변했다.

"……!"

가장 먼저 반응한 사람은 강희와 무여휘였다.

"피 냄새야."

"북쪽인 거 같은데요? 어! 남쪽에서도!"

장원의 바깥에서 살육이 벌어지고 있는 듯싶었다. 보이지도 않고 들리지도 않았지만, 분명 느껴졌다.

심상치 않은 일이 벌어지고 있었다.

그때 깔끔한 인상의 주작단장이 달려왔다.

"주작단은 장원의 남쪽으로 이동한다. 문에서 나머지 주작단원들을 기다려 같이 움직이도록 해라."

"알겠습니다."

무여휘가 대표로 대답했다.

독고령과 화린은 결연에 찬 눈빛을 교환했다.

"쳐라!"

살을 베는 듯한 차가운 빙기가 장내를 가득 채웠다. 빙장에 정확하게 맞은 이들은 팔과 다리를 못 쓰게 되기 일쑤였다.

장원의 바깥은 하류 무사들로 분류된 이들이 대기하고 있었기에 북해빙궁의 최정예 무사들에게 반항 한 번 제대로 못해보고 죽어나가고 있었다.

일각.

정확하게 일각이 흐르자 북해빙궁의 무사들은 장원의 문 앞에 도착했다.

백리천은 궁주를 돌아봤다.

궁주가 고개를 끄덕이자 백리천은 손가락을 까닥여 지시

를 내렸다.

"하압!"

문을 부수라는 지시였다.

콰과광!

무사들의 일격을 받은 문은 완전히 박살났다. 문 안에서 그들을 기다리고 있는 건 청룡단과 현무단이었다. 주로 화산파와 무당파의 제자들로 이루어진 청룡단과 현무단은 두 형태의 검진을 보였다. 빈틈을 찾기 힘든 무서운 검진들이었다.

결의에 찬 그들의 모습에 궁주가 피식 웃었다.

"그래, 이래야 쓸어버리는 맛이 있지."

"아악!"

"사람 살려!"

그 시각, 마교인들 역시 장원 앞의 무인들을 추풍낙엽처럼 쓸어버리고 있었다. 마교인들은 잔인무도했다. 남녀노소, 물불을 가리지 않고 무자비하게 검을 휘둘렀다. 그것도 최대한 잔인하게……

마교인들은 거의 아무런 제지 없이(있었지만, 제지라고 표현하기에는 너무도 무력했다) 장원의 앞에 섰다. 마교인들의 파괴력은 상상을 초월했다. 달려오면서 닥치는 대로 검을 휘두른 결과, 거의 천에 달했던 무리들이 주검의 산을 이루었다.

마교인들은 뇌운비의 지시를 기다렸다.

뇌운비는 눈을 지그시 감고 있었다.

죄책감 때문이 아니었다.

뇌운비는 피의 향연이 주는 쾌락을 음미하고 있었다. 뇌운비는 사악한 인물도 잔인한 인물도 아니었다. 단지 무정한 인물일 뿐이었다. 그런 인물일수록 강렬한 자극이 주는 쾌락은 컸다.

'이것도 너무 좋아하면 안 되는데.'

대규모 살육이란 큰 자극은 뇌운비를 흥분하게 만들었다.

"쳐라."

뇌운비의 음성은 작았지만 마교인들이 듣기에는 충분했다.

콰과광!

마기가 일렁거리더니 장원의 큰 문이 산산조각 나며 흩어졌다.

"흐음."

뇌운비는 그들을 기다리고 있는 주작단과 백호단을 가만히 바라봤다.

젊은 축에서는 가장 강한 이들이 모여 있었다. 애초에 천라지망은 원로 고수들보다는 후기지수들로 구성되어 있었다. 명숙들 대부분은 그들의 감독만을 맡았다.

아직까지 구파일방에서 제대로 된 증원이 없었기에, 무림맹 임시 지부의 핵심 세력인 사신단(四神團)은 천라지망을 구성했던 후기지수들이 대부분이었다.

"그래 봐야 후기지수들이지."

뇌운비는 기동성이 뛰어난 천마혈검대의 최정예와 원로원의 장로들을 데려왔다. 눈앞의 햇병아리들과는 판이하게 다르단 말이다.

그러다 문득 그의 눈에 들어온 여인이 있었다.

처음에는 그 여인만 눈에 들어왔는데, 그 여인과 그 주위에 있는 합이 네 명인 무리가 보였다. 그들은 잊을래야 잊혀질 수가 없는 이들이었다.

'젠장! 왜 저기에 있는 거야!'

독고령, 무여휘, 주화린, 강희.

무여휘는 몰라도 독고령, 주화린, 강희는 절대로 여기에 내버려 둬서는 안 된다. 뇌운비는 마교에서 가장 무서운 무인들만 골라서 데려왔다. 그들이 상대할 수 있는 무인들이 아니었다.

'뇌운비! 어떻게 하냐!'

뇌운비의 머리는 복잡하게 돌아가기 시작했다.

"……."

독고령은 그 자리에 얼어붙었다.

느낄 수 있었다.

느꼈기에 주위를 둘러보았다. 마교인 건 분명했다. 그렇다면 뇌운비도 왔을 것이다.

그리고는 찾았다.

뇌운비는 마교인에 어울리지 않게 여인의 것보다 훨씬 흰 백옥 같은 피부를 지닌 사내였다. 단번에 눈에 잡힐 수밖에 없었다.

그렇게 보고 싶던 사내였다.

꿈에서나마 보고 싶어 항상 잠을 자곤 했을 정도로 보고 싶었던 사람이었다.

너무 그리워 병까지 얻었었다.

그녀의 염원이 하늘에 닿았는지 이렇게 만나게 되었다.

하지만 기쁘지 않았다.

'이렇게 만날 줄이야!'

적으로 만나게 될 줄은 꿈에서도 몰랐다. 비록 뇌운비가 마교에 몸담고 있었지만 그건 좋은 뜻이 있어서라고 그녀는 확신하고 있었다.

하지만 뇌운비는 직접 마교인들을 이끌고 무림맹의 잔가지들을 추스르러 이곳에 왔다.

"……."

독고령은 흐르는 눈물을 주체할 수 없었다.

제12장

진퇴유곡(進退維谷)

'어째서 뇌운비가!'

뇌운비의 등장에 놀란 건 독고령뿐만이 아니었다. 강희는 그야말로 심장이 멎는 듯한 충격을 받았다. 뇌운비가 이곳어 모습을 드러낸다는 건 곧 이 무림맹 임시 지부를 쓸어버리겠 다는 것을 뜻했다.

적어도 강희는 그렇게 받아들였다.

'일단 몸을 숨기고 봐야 하나?'

암살에 있어서는 강희와 견줄 만한 사람이 없겠지만, 이런 대규모 전투에서 그녀는 별 힘을 쓰지 못한다.

일반 무인들보다는 매서운 단검술을 쓰겠지만 상처를 입

든 말든 무작정 돌진하는 무식한 마도인들 앞에서 강희는 속수무책일 수밖에 없었다.

'내 임무는 뇌운비가 알아서 처리해 주겠지.'

강희는 주위를 둘러봤다.

독고령은 큰 충격을 받은 얼굴로 휘청거리며 몸을 가누지 못했다. 무여휘가 그런 그녀를 부축하고 있었고, 어째서인지 화린 역시 그 자리에서 얼어붙어 있었다.

강희는 씁쓸한 미소를 짓고는 있지만 그나마 제정신으로 보이는 무여휘에게 말했다.

"도망가야 돼."

무여휘는 자신이 잘못 들은 건 아닌지 의심하며 되물었다.

"살기 위해서는 지금 당장 도망가야 한다고!"

시간이 많지 않았다. 지금 뇌운비가 뜸을 들이고 있었지만 곧 공격 명령을 내려야 했다. 그전에 도망가야만 최대한 조용히 빠져나갈 수 있었다.

"싫어요."

강희는 무여휘를 매섭게 노려봤다.

하지만 무여휘는 평소와 같이 장난기가 가득한 태도가 아니었다.

그의 눈은 진지하기 그지없었다.

"우리들은 살기 위해서 이 자리에 있는 게 아니에요. 우리의 사회에 공헌을 하기 위해서, 평화로운 무림을 지키기 위해서 여기에 있는 거라고요."

"……."

순간 강희는 할 말을 잃었다.

"지금 그렇게 말하면 멋있는 줄 아니? 숭고해져 보겠다, 이 거니? 명예롭게 죽겠다는 말이냐고! 죽음에 숭고함이 있고, 명예가 있니? 이 세상에 가치가 있는 건 딱 하나야. 바로 삶이 라고! 생명! 죽으면 그 모든 가치가 사라져. 그러니까 빨리 가 자."

강희는 무여휘의 손목을 이끌고 뒤를 통해 그 자리를 벗어 나려 했다.

"……!"

하지만 무여휘는 완강하게 거부의 의사를 보였다. 팔 힘은 또 얼마나 좋은지 꿈쩍도 하지 않는다.

"안 가요."

강희는 순간적으로 무여휘의 목을 긋고 싶다는 생각이 들 었다.

자신이 이렇게 남아서 설득하는 건 모두 그를 위해서였지 자신 좋으라고 이러는 게 아니었다.

그런데 그런 호의를 거절하자 그냥 죽어버리라고 하며 내 버려 두고 싶었다.

강희는 체념한 눈길로 뇌운비를 한 번 쳐다봤다.

가깝지도 멀지도 않은 거리에 있는 뇌운비는 여전히 특유의 싸늘한 표정을 짓고 있었다. 하지만 그의 눈이 복잡하게 움직이는 걸 봐선 그 역시 머리가 상당히 아픈 모양이었다.

강희는 화린에게 눈을 주었다.

"너는 도망가자고 해도 안 가겠지?"

화린의 눈썹이 파르르 떨렸다.

"할아버지를 죽인 살인자의 가장 친한 친구예요. 그에게서 도망치라고요? 이 자리에서 죽었으면 죽었지, 절대로 그럴 일은 없을 거예요."

어느새 검을 꽉 쥐고 있는 손을 한없이 떨고 있었지만 눈빛만은 그녀의 결연한 의지를 드러내 주었다.

강희는 마지막으로 독고령에게 물으려 했다.

물론 묻기도 전에 독고령이 먼저 입을 열었다.

"담판을 짓겠어. 무림맹을 초토화시키려는 뇌 오라버니를 이해할 수 없어. 꼭 회유하겠어."

독고령도 검을 꺼내 들었다.

그 모습을 보며 강희는 가슴이 찢어지는 심정으로 도망가는 걸 체념해야만 했다. 모두 죽을 것이다. 자신이 어렵게 사귄 좋은 사람들이 이렇게 허무하게 죽음에 이르게 될 것이다.

'왜 이런 극단적인 방법을 선택해야 하는 거지?'

죽음은 곧 인생의 끝이다.

독고령, 무여휘, 화린은 각각 다른 이유 때문에 인생의 끝을 보기로 했다.

독고령은 뇌운비에 대한 절대적인 믿음 때문에, 무여휘는 무림에 대한 사랑 때문에, 화린은 무림의 은원 관계 때문에 검을 들었다.

죽을 가능성이 높다는 사실을 알면서도.

'왜!'

강희는 속으로 되물었다.

그리고 자신 또한 죽을지도 모른다.

사랑하는 사람들만 내버려 두고 도망갈 수 없기에 강희는 남아야만 했다.

당장 도망가고 싶은 마음이 굴뚝같았지만 발걸음이 떼지지 않았다.

스릉!

강희는 그녀의 애병인 긴 단검을 꺼내 들었다.

'후회할 거야.'

때로는 큰 희생을 하면서까지 자신이 옳다고 생각하는 일을 해야만 하는 순간이 온다. 그 순간을 피해 버릴 수도 있었지만 이들은 맞서기로 했다.

뇌운비는 입술을 깨물었다. 그의 표정은 정말 좋지 않았다.

"이제 빠르게 철수한다!"

뇌운비의 지시가 떨어지자마자 수백에 이르던 마교인들이

빠르게 후퇴하기 시작했다. 순식간에 그들이 멀어지기 시작했다.

"조금 이르지 않은가?"

태상교주 역시 이번 작전에 참여하였다.

뇌운비가 이미 이 작전을 시작하기에 앞서 북해빙궁과의 동맹이 함정이라는 사실을 모두에게 일러주었기에 지시를 받은 마교인들이 아무런 의문 없이 자취를 감추는 데 집중할 수 있었고, 태상교주 역시 별 의혹을 제기하지 않았다.

배신은 마교에서도 밥 먹듯이 일어난다.

자신들에게 이익이 가고 적에게 해가 간다면 배신도 합리화될 수 있는 곳이 마교다.

하지만 태상교주는 뇌운비가 언제쯤 후퇴 명령을 내릴지 대충 알고 있었다. 상식적으로도 북해빙궁이 장원에 깊이 들어가 빠져나올 수 없는 시점에 후퇴를 지시해야 일이 잘 진행될 수 있었다.

그렇지만 지금은 이제 막 북해빙궁이 장원을 침입했을 쯤이 되었을 것이다. 낌새를 맡으면 그들 역시 자신들처럼 철수할지도 모른다.

그렇게 되면 일은 이전보다 훨씬 복잡하고 어렵게 돌아가게 된다.

뇌운비는 조용히 손가락으로 주작단의 뒷부분을 가리켰다.

그리고 뇌운비는 경공으로 뒤도 돌아보지 않고 쏜살같이 튕겨져 나갔다. 물론 태상교주 역시 그에 질세라 전력을 다하여 경공을 시전했다.

신승이었다.

신승이 북해빙궁 쪽으로 가길 바랐기에 뇌운비는 북해빙궁보다 조금 늦게 장원에 침입하도록 조치를 취해놓았다. 그럼 북해빙궁이 먼저 들어왔다는 이야기를 듣고 신승이 북쪽으로 갈 확률이 높았다.

그렇지만 세상의 일은 예측할 수 없었다.

독고세가에 있던 독고령과 무여휘가, 모종의 임무를 받고 투입된 강희가, 그리고 행방이 묘연하던 화린이 하필이면 북해빙궁 쪽도 아닌 뇌운비가 이끌던 마교 쪽으로 나온 것도, 신승이 남쪽으로 온 것도, 그리고 생각보다 빨리 나타난 이 모든 것도 예측하지 못했다.

"괜찮니?"

신승은 화린부터 챙겼다. 화린이 뇌운비와 아는 사이라는 걸 그는 알고 있었다. 그리고 지금처럼 화린이 어려운 시기에 이런 일이 벌어지면 그녀가 견디기가 더욱 어렵다는 사실 역시 알고 있었다.

신승은 화린의 팔을 손으로 문질러 주어 조금이나마 힘을 실어주었다.

화린은 애써 미소를 지으며 고개를 끄덕였다.

물론 뇌운비가 등을 돌림과 동시에 눈물을 흘리고 있던 그녀의 눈은 여전히 촉촉했다.

신승은 이미 멀어져 시야에도 잡히지 않는 뇌운비 쪽을 아득하게 쳐다봤다.

'왜!'

신승뿐만이 아니었다.

강희를 제외한 독고령, 무여휘, 화린 역시 같은 의문에 휩싸였다.

'나를 보고 마음이 약해졌나?'

독고령은 그렇게 믿고 싶었다. 물론 그런 이유는 당연히 아닐 거라고 생각하면서도 그렇게 믿고 싶었다.

'정말 모르겠어.'

무여휘는 여전히 뇌운비에 대해 갈피를 잡지 못했다. 처음에 그가 사파를 종횡무진했을 때도, 그 이후 조금 알게 되었을 때도, 그리고 지금도. 뇌운비는 도저히 이해할 수가 없었다.

'내가 불쌍하냐!'

뇌운비는 분명히 슬픔에 잠겨 있었다. 그녀의 착각일지는 몰라도 화린은 그렇게 느꼈다.

갑자기 휘인의 무표정한 얼굴이 떠오른다.

참을 수 없는 울분이 터져 나온다.

"크흑."

이런 자신이 정말 싫었다.

안타깝게도 그들에게는 슬퍼할 시간도 주어지지 않았다.

피투성이가 된 무사 한 명이 달려왔다. 복부 부위에 심한 상처가 있었다. 살점이 크게 떨어져 있었지만 이상하게도 출현은 없었다. 마치 출혈이 있기도 전에 피가 얼어붙은 듯한 모습이었다.

'북해빙궁!'

"시, 신승님, 위험합니다. 북쪽 문이 거의 뚫렸습니다."

털썩.

무사는 그 말을 남기며 바닥에 쓰러졌다. 몸이 빠르게 식어가고 있었다. 화린은 눈물을 흘리며 그 무사에게로 달려가서 그의 몸을 살폈다.

'죽었어.'

"크흑흑."

화린은 울음을 터뜨릴 수밖에 없었다. 점점 악화되는 상황에 어떻게 해야 할지 갈피를 잡지 못했다.

"태선이 그쪽으로 올라갔는데 생각보다 힘든 모양이구나. 자, 가보자꾸나."

주작단과 백호단은 빠르게 장원의 북쪽으로 달려가기 시작했다.

북문에 가까워질수록 묘한 불안감이 가중되기 시작했다. 계속해서 누군가가 위험 신호를 보내는 것만 같았다. '가지 마' 라고 속삭이는 본능을 뒤로하고 그들은 최대한 빨리 올라갔다.

"……."

북문에 도착한 신승은 믿을 수가 없었다.

주작단과 백호단은 눈을 통해 보이는 광경을 도저히 받아들일 수가 없었다.

오랫동안 알고 온 후기지수들이 모두 주검이 되어 바닥에 누워 있었다. 혼이 빨린 듯한 얼굴을 한 채 쓰러진 이들도 있었고, 심한 화상에 피부가 녹은 이들도 있었다. 주검의 대부분은 살점이 크게 떨어진 부분이 아직까지도 얼어붙어 있었다.

'북해빙궁!'

"끄아아!"

화린은 그들의 주검에 오열하던 끝에 결국에는 실신했다. 쓰러지려는 그녀를 무여휘가 힘겹게 받았다.

화린은 그녀가 받아들일 수 있는 그 이상의 충격을 받았다. 휘인 당사자도 아닌 뇌운비를 만난 충격은 그야말로 상상 이상이었다.

게다 눈앞에서 이런 대량 살상이 일어났다는 사실에 마음 약한 화린은 실신할 수밖에 없었다.

독고령 역시 머리가 어지러웠다.

'역겨워.'

사람을 죽여서까지 이 세상을 지배하고 싶어 하는 인간의 욕망이 추악하게 느껴졌다.

'이건 사람이 할 짓이 아니야.'

독고령은 눈앞에 벌어진 이 모든 일들이 꿈이기를 간절하게 바랐다.

모든 게 꿈이기를…….

신승은 애써 눈에 힘을 주어 평정심을 유지한 모습을 지키고 있었다.

북해빙궁의 무리들은 사악한 미소를 띤 채로 신승과 주작단, 백호단을 맞이했다. 피곤한 기색이 역력하게 드러났지만 그들의 미소는 옅어지지 않았다.

그때 그들 중 가장 화려한 옷을 입은 중년인이 힘겹게 손가락을 까닥였다. 그러자 북해빙궁의 무리들은 일제히 후퇴하기 시작했다. 질서정연하게 사라져 가는 모습을 보며 신승은 입술을 잘근 깨물었다.

막아서야 했지만, 등 뒤의 어린 싹들은 지금 정신 상태가 위험했다. 또 그럴 만한 힘도 없었다.

그때 그 중년인의 음성이 장원을 울렸다.

"신승인가? 신수가 훤하군."

음성은 작았지만 힘이 있었다. 그리고 마음의 한구석에 칼을 꽂는 듯한 그런 음산한 음성이었다.

중년인은 그의 얇은 눈을 반짝였다.

"오늘은 이 정도로 물러나지. 안타깝게도 그들이 우리를 배신해서 더 이상의 피해는 우리에게도 위험하거든. 어쨌든 몸조심하게. 괜히 이 친구처럼 무모하게 달려들었다가 죽지는 말라고."

중년인이 희미한 미소를 보이며 그 옆을 보좌하는 청년과 함께 그곳을 걸으며 멀어지기 시작했다. 경공을 시전하는 것도 아니었다.

모두가 보는 앞에서 당당하게 걷고 있었다.

하지만 그 누구도 그를 막아서지도, 그럴 생각조차도 하지 못했다.

신승 역시 그를 쫓지 않았다.

주작단과 백호단처럼 두려워서가 아니었다.

중년인은 보자기에 싼 둥근 물체를 던져 주고 갔다. 그 물체는 이상하게도 신승의 머리를 뒤흔들어 놓았다. 지금까지 느껴보지 못한 불안감이 파도처럼 밀려온다.

그들을 신경 쓸 겨를이 없었다.

'아니야.'

신승은 애써 그의 의심을 지우려 했다.

신승은 천천히 그 보자기를 향해 나아갔다. 약 삼십 보를 걷자 보자기가 닿을 정도의 거리에 다가설 수 있었다.

그는 미세하게 떨리는 손으로 그 보자기를 집어 들었다. 무게가 꽤 있었다.

"......!"

신승의 몸이 크게 휘청거렸다. 보자기의 밑 부분에 피가 흘러나오기 시작했다. 분명히 보자기 안에 좋은 물건이 들어 있지는 않은 것 같았다.

신승은 조심스럽게 보자기를 펼쳤다.

"큭."

기뻐서 웃음이 새는 게 아니었다. 어처구니가 없어, 너무도 슬퍼 웃음이 다 나왔다. 눈은 눈물로 흐려진 지 오래인데 이상하게도 웃음이 나온다.

강희는 보자기의 안을 보며 크게 놀랐다.

'변태 시험관!'

태선이었다.

그 대단하던 태선이 죽었다. 항상 여유가 넘치던 극강의 고수가 죽었다는 사실에 신승과는 다른 이유에서 강희가 몸을 떨었다.

"큭큭큭."

신승의 웃음소리는 주작단과 백호단 전체의 마음을 적실 정도로 암울했다. 신승은 좀처럼 감정의 변화를 표출하지 않았는데 오늘만큼은 달랐다.

"크하하하하!"

신승의 음산한 웃음소리에 화린이 가장 먼저 눈물을 흘리기 시작했다. 그녀가 시작이었다. 눈물은 감염처럼 주위를 통해 퍼졌다.

"흑흑흑."

그리고 순식간에 눈물바다를 이루어냈다. 어제까지 친구였던 인물들이 오늘에는 주검이 되었다. 이 세상이 얼마나 허무한지 새삼 느껴졌다

무림맹 임시 지부는 첫 대전에서 완패했다. 아무런 정보도 입수하지 못한 채 기습을 당했고, 그들의 강한 무공에 반항 한 번 제대로 해보지 못하고 보내주었다.

여기저기에서 북해빙궁 무사들의 주검 역시 보였지만, 무림맹 임시 지부의 피해와는 비교도 하지 못할 정도로 미미한 수였다.

무엇보다도 신승이 흔들렸다.

그 어떤 일이 있어도 평정심을 유지해야만 하는 그가 휘청였다.

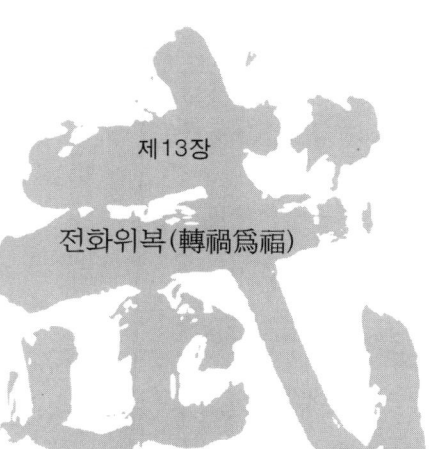

제13장

전화위복(轉禍爲福)

　정확하게 무림맹과의 충돌이 있은 지 한 시진 후, 마교와 북해빙궁은 비공식적인 경로로 또 한 번 회담을 가져야만 했다. 대외적으로는 마교의 배신에 대한 이유와 그 책임을 묻는 자리였지만, 뇌운비와 청운은 조금 다른 목적으로 만났다.

　"모든 일이 틀어졌습니다. 그쪽에서 너무 일찍 퇴각을 하는 바람에 우리 측에서 그 사실을 안 궁주는 너무 큰 피해를 입기 전에 후퇴를 하게 되었습니다. 무림맹 임시 지부를 온전히 파하지 못했습니다. 하지만 뇌 공자께서 그렇게 행동했어야만 했던 이유를 이해합니다. 신승이 우리 쪽으로 올 수 있도록 시간 간격까지 뒀는데, 그의 친우만 올 줄 누가 알았겠습니까."

물론 신승이 나타났기 때문에 철수 명령을 내린 건 아니었다. 단지 우연히 철수 명령을 내렸을 때 신승이 나타난 것뿐이었다.

뇌운비는 그 일을 떠올릴 때마다 이마에 핏줄이 섰다.

"궁주가 살아 있다면서?"

분명히 궁주는 살아서 돌아갔다. 그러니까 이번 음모를 통해 무림맹에 피해를 입힌 것 이외에는 별 다른 성과가 없었다.

다시 없는 기회이니만큼 이번의 실패는 더 없이 피해가 컸다.

그때 청운이 미소를 지었다.

"……?"

뇌운비는 묘한 눈길로 그를 쳐다봤다. 어딘가 기분이 좋아 보이는 청운에게 오싹한 느낌이 들었다.

"태선은 신승보다 고강한 무공을 지닌 모양입니다. 물론 궁주 역시 제 상상 이상의 고수이고요. 궁주는 태선을 죽이기는 했지만 그 와중에 큰 상처를 입었고, 그 후유증으로 죽었습니다."

뇌운비는 믿을 수 없다는 얼굴로 그에게 확인했다.

"그게 정말이냐? 정말로 궁주가 죽었다고!"

청운은 여전히 미소를 띤 채로 고개를 끄덕였다.

"죽었습니다."

"얼마나 상처가 컸으면 그 후유증 때문에 궁주 같은 인물이 죽지? 북해빙궁에도 좋은 환단 같은 게 많을 거 아니야. 죽지만 않았으면 회복이 가능한 경지의 인물 아니야?"

뇌운비의 의문은 당연했다. 아무리 큰 상처를 입었어도 단전이 파괴된 게 아니고 숨이 붙어 있다면 고급 환단으로 치료가 가능했다. 그 고급 환단이라는 게 대문파에만 몇 개 있을 정도로 귀하기 때문에 누구나 사용할 수 있는 건 아니었지만 북해빙궁의 궁주라면 충분히 복용할 여력이 되리라.

게다 무공까지 고강하니 회복력도 빠를 것이다.

그런 인물이 죽었다는 건 뇌운비가 믿을 수 없는 부분이었다.

"무영혈수침을 기억하십니까?"

단가후가 주청학을 죽였을 때 사용했고, 단가후를 사로잡았을 때 청운이 발견하여 뇌운비에게도 주고, 직접 제작하여 자신 역시 갖고 있었다.

"큰 상처를 입은 이후 제 정신을 차릴 수 없던 궁주는 이전과는 달리 상당히 많은 빈틈을 보여주었죠. 무영혈수침을 사용했으니 부검을 하는 장로들 역시 궁주가 죽은 원인을 상처에 의한 후유증이라고 생각할 겁니다."

"……."

너무도 태연스럽게 말하는 청운의 태도는 뇌운비를 소름 돋게 만들었다. 뇌운비는 별로 선한 인물도 아니었는데 말이다.

"일이 조금 틀어지기는 했지만 결국에는 궁극적인 목적을 이루었습니다. 다만 더 이상 합동 공작을 펼쳐 무림맹을 완전히 처리하지는 못할 것 같지만요."

그 어떤 쪽에서도 선뜻 무림맹의 잔재를 처리하려고 하지 않을 것이다. 어떻게 되었든 북해빙궁은 마교를 최후의 적으로 생각하고 있었고, 마교는 북해빙궁을 최후의 적으로 생각하고 있었다.

무림맹은 안중에도 없었다.

그렇기에 최대한 힘을 비축하여 최후의 적을 무찌르는 데 신경을 써야 하는데, 무림맹을 온전히 쓸어버림으로써 피해를 조금이라도 볼 수는 없었다.

물론 무림맹이 사라지면 음모와 계략을 짜기에는 더욱 수월하겠지만, 그렇다고 피해를 감수하면서까지 처리할 필요성은 없었다.

그 점 때문에 청운은 조금 아쉬워했지만, 궁주가 사라진 지금의 상황에 만족했다.

"그래, 이제는 어떻게 할 생각이지?"

뇌운비의 궁극적인 목표는 휘인을 혈옥에서 꺼내는 것.

뇌운비는 얼마 전까지만 해도 청운 역시 같은 목표를 가지고 있을 줄 알았으나, 지난번 회담을 통해 꼭 그렇지만은 않다는 사실을 알게 되었다.

뇌운비는 의심이 가득한 눈빛으로 청운을 바라봤다.

"아직은 잘 모르겠습니다. 작전이 대충 짜여지는 대로 전서로 그 내용을 보내겠습니다."

청운이 모른다는 말을 하는 건 무엇을 숨기고 있다는 뜻이었다. 적어도 뇌운비는 그렇게 알고 있었다.

그의 눈빛을 읽은 청운이 말을 이었다.

"일단은 북해빙궁주의 죽음으로 제 쪽은 조금 두고 봐야 합니다. 대충 정리가 되면 어느 방향으로 손을 써야 하는지 알 수 있겠죠."

"그런가?"

뇌운비의 반응은 시큰둥했다.

일리가 있는 말이었지만 왠지 핑계 같다는 느낌을 지울 수 없었다.

"이제 볼일은 끝난 건가?"

"네."

청운은 밝게 웃었다.

"……."

왠지 그의 미소가 꺼림칙하다.

자리에서 일어나는 뇌운비를 향해 청운은 몇 마디를 더

했다.

"마교와의 동맹은 완전히 깨졌고, 그쪽의 완고한 태도를 보아서 앞으로도 두 세력 간의 화합은 없을 것이라고 전하겠습니다. 뇌 공자께서도 잘 처리해 주세요."

뇌운비는 듣는 둥 마는 둥 자리에서 벗어나기 바빴다.

혈옥에는 새로운 변화가 있었다. 새로운 수옥자가 생기지도 않았고, 그렇다고 수옥 시설이 개선되지도 않았다. 대신 기존 수옥자 중 한 명이 큰 변화를 보이기 시작했다.

"크오오!"

임홍을 내려다볼 수 있을 정도로 키와 덩치가 큰 인물이 두 주먹으로 어깨를 쾅쾅! 치며 포효했다.

"조용히 해!"

소여락이 소리치자 풀이 죽었는지 고개를 푹 숙이며 바닥에 쪼그려 앉는 거인.

그 옆에 있던 소(小)거인이 대(大)거인의 머리를 쓰다듬으며 위로의 말을 했다.

"원래 저 애가 조금 사나워. 네가 이해하렴. 흐흐흐."

당연히 소거인은 임홍이었고, 대거인은 혈괴였다.

혈괴의 회복력은 그야말로 기적 같았다. 뼈가 드러날 정도로 살이 심하게 녹았는 데도 이제 그의 팔다리는 뛰어다닐 정도로 멀쩡해졌다.

화상 자국은 여전히 남았지만 그의 이전 상처를 떠올려 보면 그렇게 심한 흉터도 아니었다.

게다 염옥에 몇십 년은 썩어 있었을 테니 뼈도 약해졌을 테고, 온갖 운동 신경 역시 재활이 불가능할 정도로 망가졌을 텐데…….

"크오오오!"

퍽퍽퍽퍽!

"이놈아, 왜 때려!"

퍽퍽퍽퍽!

"윽윽윽윽, 이 자식아, 아퍼!"

소여락의 말은 한번에 잘 들으면서 이상하게도 임홍은 죽어라 싫어하는 혈괴였다. 임홍이 말만 걸어도 성질을 내는데 그가 자신을 만졌으니 얼마나 싫을까.

혈괴는 그 위험하기 짝이 없는 두 주먹으로 임홍을 신나게 두들겨 팰 수 있을 정도로 운동신경이 멀쩡하다 못해 비상했다.

"그러니까 애 성질을 왜 건드려? 같은 과가 싫어할 정도면 넌 도대체 얼마나 못난 거니?"

소여락은 두 팔로 얼굴만은 어떻게 안 맞으려고 애쓰는 임홍을 보며 혀를 찼다.

"아이야! 내가 딸을 낳았으면 네 나이쯤 됐어! 경로사상은 갖다 버렸어?"

임홍은 쭈그린 채로 소리치며 반박했다.

소여락은 코웃음을 쳤다.

"그렇게 맞으면서 꼭 받아쳐야 되나? 나이를 어디로 먹었는지 궁금하네."

그녀는 그렇게 말하며 혈괴를 가만히 뜯어봤다. 오랫동안 화마에 괴롭힘을 받아서인지 머리가 새하얗게 바랬다. 덩치가 산 만하다는 것과는 상반되게 얼굴 크기는 임홍과 그렇게 다르지 않았다.

'그러니까 임홍이 머리가 큰 거지.'

체형은 임홍과 크게 다르지 않았다. 몸의 모든 부분이 굵었다. 팔다리는 임홍의 두 배까지는 아니더라도 그와 비교는 될 정도로 두꺼웠다.

다만 독특한 게 손목, 발목, 목, 허리와 같은 몸의 이음새들은 얇았다. 임홍은 그 모든 부분이 굵어 조금 뻣뻣한 움직임을 보이는데, 아마 혈괴는 꽤나 유연한 몸을 지녔을 것이라 추측된다.

하지만 그의 몸에서도 유별난 부분이 있었다.

두 주먹.

그의 주먹은 그의 발에 비례하여 너무 컸다. 무슨 보호 장갑을 낀 것도 아닌데 상당히 컸다.

'권법을 집중적으로 단련했나 보군.'

혈괴는 임홍을 약 일각가량 두들겨 패다가는 제풀에 지쳐

다시 그의 옆에 주저앉았다.

혈괴는 이상하게도 혈마랑 같이 있지 않고 휘인 일행 근처에 있는 걸 좋아했다. 처음에 곽소천이 쫓아도 보고, 혈마가 데려가려고도 했지만 요지부동이었다.

뚜벅뚜벅.

그때 다른 동굴에서 휘인이 걸어나오고 있었다. 휘인은 근래에 들어 혼자 있는 시간을 늘리고 있었다. 물론 그래 봐야 그냥 동굴에 처박혀 명상을 하는 거였지만, 어쨌든 휘인이 말하는 걸 하루에 한 번 들으면 많이 들을 정도로 그는 말을 아꼈다.

"눈은 왜 그러나?"

임홍은 어느새 눈에 검은 멍을 키우고 있었다. 임홍은 애처로운 눈빛으로 혈괴를 돌아봤다.

휘인은 그를 보며 고개를 절레절레 흔들었다. 안쓰럽다는 게 얼굴에 쓰여 있었다.

휘인마저 그런 동정의 눈길을 보내자 임홍은 아예 바닥에 드러누웠다.

'내가 왜 이 꼴이 됐지.'

임홍이 벽을 보며 돌아누웠을 쯤 휘인은 곽소천의 옆에 자리를 잡았다. 가끔 휘인이 다시 일행의 틈으로 끼어 들어올 때는 이유가 있어서였다.

"어쩌면 이 결계를 파할 수 있을지도 모른다."

평소에는 그냥 일상적인 대화를 한다. 일상적인 질문에 일상적인 대답이 오고 가는, 그런 평범한 대화를 말이다.

처음에는 묵묵히 고개를 끄덕이는 일행들. 그냥 그들의 습관이었다. 휘인과의 대화는 언제나 지루하기 때문에 대충 흘려듣는 게 일상이었다.

"……!"

하지만 이번만큼은 달랐다.

"뭐라고?"

가장 먼저 '어? 방금 뭐라고 했지? 혹시! 내가 생각했던 그 말이야?' 와 같은 경악의 상태를 벗어난 건 바로 소여락이었다.

"혈옥의 결계를 파괴하는 방법이 있다."

"확실해?"

휘인은 잠시 소여락을 가만히 바라봤다. 근래에 따라 말을 너무 편하게 하는 그녀였다.

"아니, 그냥 가능할지도 모른다는 말이다."

불확실하다는 말이었지만 그럼에도 불구하고 일행의 눈빛은 빛나고 있었다. 희망이 없는 상태에서 있는 상태로 변한 건 아주 큰 차이였다.

"해봐!"

일행들은 일제히 소리쳤다. 초점이 없는 멍한 눈으로 잠자코 있던 혈괴가 벌떡 일어나면서 발광을 할 정도로 그들의 음성은 컸다.

"확실하지는 않다."

그들이 갈망하는 눈빛을 보자 괜히 부담스러워 약해진 모습을 보이는 휘인이었다.

"해보라고!"

물론 그렇다고 '알았어, 그럼 포기해' 라고 말해줄 정도로 착한 일행들이 아니었다.

쾅!

"......"

일행들은 멀뚱히 시선을 교환했다. 방금 분명히 무슨 일이 생겼다. 하지만 어떤 일이 생겼는지에 대해서는 그 누구도 확실하게 알지 못했다.

휘인이 그의 흑검을 좌에서 우로 천천히 그었다. 분명히 무형의 기운이 흘러나오는 느낌을 받았지만, 그건 검기도 검강도 아니었다. 무형이라는 점에서 검기를 들 수 있었지만 특유의 예리함이라던가 기운의 특상 자체가 조금 이질적이었다.

그 기운은 정확하게 혈옥의 문 너머의 벽을 부쉈다.

"결계가 없어진 건가?"

놀랍게도 가장 먼저 상황 파악에 들어간 임홍은 주위를 둘러보았다.

곽소천도, 소여락도, 휘인도 잘 모르겠다는 표정이었다. 혈괴는 말할 것도 없었다.

"휘인이 검을 휘둘러 저 뒤편의 벽을 부쉈다는 건 그 사이의 결계를 거쳐 갔다는 거 아닌가? 그럼 결계가 없어졌다는 말이네!"

임홍은 만세를 부르며 뒷일을 생각할 겨를도 없이 혈옥의 바깥을 향해 달려나갔다.

무슨 일이 일어날지 미리 알기라도 하듯 소여락과 곽소천은 두 눈을 감았다.

쿵!

"으윽!"

스르르.

결계에 부딪친 임홍이 기절하여 바닥에 쓰러지는 모습은 소여락과 곽소천에게 익숙한 장면이었다. 아마도 저 장면을 다섯 번 정도는 본 듯싶었다.

이번에는 정말로 결계가 없어졌다고 믿어 의심치 않았는지 정말 벽에 세게 박았다. 그의 이마가 보기 좋게 부어올랐다.

그 모습을 보며 혈괴마저 인상을 쓰며 눈을 가릴 정도니, 말 다했다.

"어떻게 한 거지?"

곽소천이 물었다.

이미 임홍이 쓰러졌다는 사실은 잊었다.

곽소천의 물음에 다른 이들의 시선도 휘인에게 모아졌다. 물론 다른 이들이라고 해봐야 소여락과 혈괴뿐이었고, 혈괴는 단순히 곽소천과 소여락이 휘인을 쳐다보고 있기에 따라 하는 모양이었다.

"이 결계에도 속성이 있다. 기로써 형상화되는 모든 물리적인 공격을 온전히 튕겨내는 속성이 있는 모양이다. 충격을 받지 않고 그냥 튕겨내기에 치면 칠수록 얇아지는 게 아니란 말이다."

"무슨 속성? 그런 속성이 어디 있어."

소여락은 언성까지 높이며 휘인의 무리에 반발했다.

이해가 가지 않음은 물론이요, 지금껏 그녀가 들어본 적이 없는 영역이었다. 아마 그 사실을 받아들이지 못해서 더욱 반발하는 건지도 몰랐다.

"똑같이 검강을 시전해도 누구의 검강은 더 날카롭고 다른 이의 검강은 폭발성이 있다. 뭐, 그런 속성이라고 설명하면 알아듣겠나?"

휘인이 자신을 놀리고 있음을 알아챈 소여락은 얼굴을 붉혔다.

그때 곽소천이 의문을 제기했다.

"하지만 그런 속성은 무공에서 오는 거 아닌가? 애초에 배운 무공이 다르니까 시전되는 검강의 종류도 다를 수밖에 없지."

"맞아!"

자신이 틀린 게 아닌가 고민하던 와중에 곽소천이 옹호발언을 하자 바로 수긍을 하는 소여락이었다.

"……."

휘인은 잠시 동안 그 둘을 멍하니 바라봤다.

'바보 아니야?' 라고 묻는 얼굴이었다.

그러자 괜스레 자신감이 없어지는 곽소천과 소여락. 그렇지만 그들은 각자의 생각에 확신을 가지고 있었다.

물론 다수의 의견이 항상 진리인 건 아니었다.

"그게 바로 속성이라는 거다. 그 무공을 배움에 따라 그 사람의 속성이 그렇게 길러지는 거지. 풀에서 놀면 풀물이 들고, 바닷가에서 놀면 소금기가 돈다. 예리함에 중점을 다룬 무공을 배우면 예리함을 갖게 되고, 파괴력에 중점을 둔 무공을 배우면 파괴력을 얻게 된다."

"아, 그렇군."

곽소천은 바로 수긍을 해버렸다. 사실이니 수긍할 수밖에 없었다.

그렇지만 소여락은 아무런 반응을 보이지 않았다. 이미 한 번 수긍을 했다. 또다시 수긍을 하는 건 자존심이 상했다.

그렇다고 부인하지는 않았다. 단지 어영부영 그 사실을 넘기려 노력할 뿐이었다.

휘인은 그런 소여락을 보며 옅은 미소를 보였다.

"이 결계에는 물리적인 힘에 반발력을 보이는 독특한 속성을 지녔다. 고무와 같은 탄력적인 속성을 갖추기도 했고, 바위처럼 단단한 속성 역시 겸비하고 있다."

"그런 속성을 도대체 누가 발견하고 개발할 수 있는 거지?"

그렇게 편리한 속성이 있었다면 무인들은 그런 계열의 두 공을 배웠을 것이다. 지금까지 그런 속성을 이용한 무공이 있다는 말을 들어본 적이 없었다.

"보통 속성이라는 건 자연에 속해 있다. 금, 목, 수, 화, 토는 물론 그런 기본적인 속성을 응용한 빙과 염 역시 모두 자연에 속해 있다. 아마 이 결계도 그런 자연물의 속성에서 본따 형성했으리라 생각된다."

"어떤 자연물?"

강기를 튕겨낼 정도의 반발력을 지닌 자연물이 이 세상에 있었으면, 이 세상의 모든 인물들은 그 자연물로 갑주를 맞춰 입어 강기에 맞아 죽을 일은 없으리라.

휘인은 아래를 내려다봤다.

그러자 일행의 시선 역시 그와 똑같이 아래를 내려다보게 되었다.

"……?"

그렇지만 자신들이 원하는 대답을 얻지 못했다.

휘인은 고개를 한 번 절레절레 흔들고는 입을 열었다.

"아마 이 혈옥의 속성인 듯하다. 기본적으로 이 혈옥을 구성하는 바위들은 상당히 단단하고 탄력적이라는 사실을 알 수 있다."

물론 혈옥을 이루는 바위들은 독특하다고 할 수는 있었다. 그렇지만……

"강기를 튕겨내지는 못할 텐데?"

"그러니까 응용이라는 개념을 설명하지 않았나. 적당한 속성의 조합을 통해 독특한 속성을 형성하고는 그 힘을 응축하여 결계를 형성했다고 생각된다."

휘인의 이론은 쉽게 이해가 가지 않았다. 수준의 차이라고 볼 수 있었지만 휘인 역시 그 이론을 조금 쉽게 설명할 필요성을 느끼지 못하는 듯했다.

그 부분을 이해하는 건 어렵다고 생각했는지 곽소천이 다른 부분에 의문을 제기했다.

"결계가 유지되기 위해서는 그 힘의 원천을 필요로 하지 않나? 그 힘의 원천을 찾아 부수면 이 지긋지긋한 혈옥에서 나갈 수 있는 거 아닌가?"

곽소천이 그 부분을 지적하는 의도는 '빨리 그 원천을 찾아 부숴서 이 혈옥을 빠져나가자'는 게 아니었다. '이 망할 결계에 힘의 원천이 눈을 씻고 봐도 없잖아!'를 조금 돌려 말한 것뿐이었다.

"이 혈옥에는 독특한 힘이 있다. 각 위치별로 힘이 응축되어 있는 부분이 있지. 이 혈옥을 설계한 사람은 아마 그 사실을 염두에 둔 채 이런 구조를 만든 모양이다. 염옥의 한가운데에 피부를 녹이는 열기를 뿜어내는 것처럼 이 혈옥의 문에는 결계가 있는 거지. 한쪽으로는 받아들이고, 한쪽으로는 튕겨내는."

"……."

그 누구도 휘인의 입에서 나오는 게 '인간이 하는 말'인지 알아듣는 표정이 아니었다.

"그런 게 어디 있냐!"

소여락이 머리가 아픈 얼굴로 말했다.

상식적으로 그런 건 불가능하다.

휘인은 어깨를 한 번 으쓱였다.

"불가능하면? 이 결계를 설명하는 더 좋은 방법이 있는 건가?"

"……."

소여락은 다시 잠자코 쭈그려 앉았다.

그때 곽소천이 또 새로운 의문을 제기했다.

"그럼 방금 네가 사용한 기술은 어떻게 한 거지?"

강기는 튕겨져 나온다. 정확하게 반사되는 거랑 같은 게 아니라, 별 충격을 받지 않으면서 그 강기의 힘을 분해한다는 개념에 가까웠다.

하지만 휘인이 쏘아 보낸 무형의 기운은 그 보이지 않는 결계를 넘어 그 뒤의 벽을 때렸다.

"요 며칠간 이 바위를 연구하면서 얻은 깨달음을 조금 응용해 보았다. 안타깝게도 이 결계는 단순히 이 혈옥의 속성만을 알아서는 파할 수 없는 모양이다. 설계자가 조금 더 복잡한 응용을 해놓았다."

"……."

과정이 완전히 생략된 말에 일행은 어안이 벙벙한 표정이었다. 그렇다고 물어볼 생각을 하고 있는 건 아니었다. 휘인에게 무엇을 물어봐서 속이 시원해진 적은 절대, 단 한 번도 없었다.

괜히 머리만 더 아플 뿐이었다.

대신 소여락은 아주 간단한 질문을 했다.

"그러니까 결국에는 이 혈옥의 결계를 파할 수 없다는 말이지?"

곽소천이 묻고 싶은 질문과 동일했다.

어려운 질문을 받은 휘인은 의외로 쉽게 대답했다.

"그렇다. 기관진식에 조예가 깊은 게 아니라 이런 복잡한 결계를 내가 파할 수는 없다. 일종의 진이라는 건 알겠지만 그 이상은 알아내기 힘들다."

"……."

알아들을 수도 없는 휘인의 긴 설명은 결국 막다른 길목으로 그들을 인도해 주었다.

지금까지 언제 휘인의 이야기에 집중했냐는 듯 둘은 그에게서 등을 돌렸다.

잠시나마 커졌던 희망의 등불이 처참하게 꺼졌다.

"아악!"

마치 엄청난 악몽을 꾼 사람처럼 핼쑥한 얼굴로 숨을 헐떡이며 괴성을 지르는 사람이 있었다.

호남형의 인상인 진천악이었다.

진천악은 여전히 혈옥의 구석에서 휘인 일행의 시선이 닿지 않는 부분에서 잠을 자고 있었다. 처음에는 혈옥의 문에 누워 있었다. 하지만 걸리적거린다고 임홍이 구석에다 던져 버리고 나서는 계속해서 여기에 있었다. 그것도 혼자서만. 물론 동물적 감각을 지닌 혈괴가 그를 발견하고 몇 대 두들겨 패기는 했지만 그 이외의 교류는 전혀 없었다.

'아, 등이 쑤셔. 왜 이러지?'

혈괴의 존재 자체를 모르는 그가 그 원인을 알 리가 없었다.

약 일각이 흘렀다.

'여긴? 아, 혈옥. 누구 때문에? 뇌운비! 개자식. 이젠 뭘 하지? 휘인을 찾아야지! 어디 있지? 몰라!'

상황을 파악하는 데 걸린 시간이었다.

돌아다니며 주위를 둘러보던 진천악은 혈옥의 문을 발견할 수 있었다.

물론 이번에는 저번처럼 결계의 존재를 까먹지 않았다. 임홍처럼 바보는 아닌 모양이었다. 물론 애초에 한 번 까먹었다는 게 심히 걱정이었지만.

'여기다!'

진천악은 수많은 동굴 중에서 인기척이 느껴지는 암혈 하나를 찾았다.

조심스럽게 발소리까지 죽이며 들어간 동굴에는 낯이 익은 인물들이 많았다.

그 덩치가 큰 곰은 연인을 어디에 버려다 두었는지 혼자서 코까지 골아가며 잠을 자고 있었고, 혈의를 입고 있는 사내와 자는 모습까지도 싸늘하기 짝이 없는 여인은 떨어져서 잠을 자고 있었다.

그들의 중심에는 일자 눈썹의 인물이 가부좌를 튼 채로 눈을 감고 명상을 하고 있었다. 진천악은 단번에 그를 알아볼 수 있었다.

'휘인!'

휘인에게 개인적으로 볼일이 있는 진천악은 우물쭈물대다가 그를 향해 다가갔다. 다가가면 어떻게 알고 자신에게 말을 걸어주지는 않을까 싶은 마음에서였다.

물론 명상 중에서도 휘인은 진천악의 기운을 느끼고 그가 다가오는 것을 느낄 수 있었다.

그리고 진천악은 그의 바람대로 휘인에게서 어떤 말을 들을 수 있었다.

"명상 중에는 방해하지 마라."

"옛!"

진천악은 무미건조하지만 어딘가 거스를 수 없는 위압감이 서려 있는 말에 자신도 모르게 선뜻 대답해 버리게 되었다.

"……."

그리고는 다시 한 번 혼자가 아니면서도 홀로 남겨지게 되었음을 깨달았다.

무림맹 임시지부(武林盟 臨時地府).

하늘에 해가 뜨기는 한 건지 흐리고 우중충한 날씨는 한나절 동안 계속 이어졌다. 그런 하늘의 날씨가 사람들에게 전해졌는지, 사람들의 심정이 하늘에 닿았는지는 몰라도 하늘이고 그 아래에 사는 사람들이고 모두 초상집 분위기였다.

거의 평생이라고 할 수 있는 시간 동안 몸과 마음을 단련해왔으나 어린 후기지수들에게 어제의 충격은 너무도 크게 다가왔다. 여인들은 거의 모두가 흐느끼고 있었다.

천하의 무림맹이 쑥대밭이 되었다.

무림의 하늘이자 질서와 법도의 곳, 무림맹이다. 황실에도 영향력을 미칠 수 있는 그런 곳이 이렇게 처참하게 당했다는 사실은 그들에게 있어 받아들이기 쉽지 않았다.

무림맹이 제힘을 전부 발휘하지 못했다고 위안을 삼고 싶었지만, 현실은 너무도 차가웠다.

어제의 친구가 오늘은 주검이 되어 있었다.

무림맹에 대한 신의를 지킨 채.

과연 우리도 그 신의를 지켜야 하는가. 조심스럽게 의문을 제기하는 이들도 적지 않았다.

……작은 일에도 크게 흔들리는 후기지수들이기에 무림맹에 대한 신뢰가 점차 사그라지고 있었다.

주검을 모두 한데 모아 그곳을 중심으로 남은 주작단과 백호단이 동그랗게 둘러쌌다. 신승은 그 주검들을 침울한 시선으로 하나씩 보고 있었다. 그의 시선이 한곳에서 멈췄다.

바로 태선의 주검에서였다.

'내가 어렵다고 친구를 죽였구나!'

신승의 애한이 장내를 휘감았다. 그의 슬픔이 다른 이들에게 전이되면서 다시 한 번 그들은 흐느꼈다. 참지 못하고 울음을 터뜨리는 이들도 있었다.

신승은 조용히 뒤를 둘러봤다.

그는 주위를 둘러보며 위로의 말을 꺼내려 했다. 하지만 머릿속으로 태선이 아른거리자 벅차오르는 감정을 주체하지 못하고 부르르 떠는 몸을 추슬러야 했다.

한참이 지나고서야 신승은 가늘게 떨리는 목소리로 말했다.

"어제의 일을 기억하라."

조금은 쉬었고, 힘없는 목소리였다. 하지만 모두의 마음을 숙연하게 만드는 특별한 힘이 있었다.

그들은 자신들도 모르게 고개를 숙이고 있었다.

"우리의 친구를, 스승을, 제자를, 그리고 동료를 처참하게 짓밟은 이들을 기억하라. 우리에게 소중한 이들의 생명의 불을 무자비하게 앗아간 북해빙궁과 마교를 기억하라."

북해빙궁과 마교라는 단어가 나오자 분노에 살기를 흘리는 이들이 많았다.

"무엇보다도 잊지 말라! 우리가 왜 이런 꼴을 당했는지. 너희들만이 이 사자 굴에 남은 이유가 뭐고! 이렇게까지 처참하게 당한 이유가 무엇인지 절대로 잊지 말라!"

신승의 격한 감정이 커진 그의 언성에 그대로 드러났다.

"북해빙궁과 마교이 위력을 무시하는 건 물론, 어떻게 하면 이 일을 기회로 삼아 다른 세력보다 더 커질 수 있는지만 생각한 너희의 문파를 절대로 잊지 말라! 너희들을 마교와 북해빙궁의 밥이 될 줄 뻔히 알면서도 어떻게 하면 피해를 조금 볼 수 있을까 제 몸만 사리는 너희의 문파를 절대로, 절대로 잊지 말라."

"……."

그들은 자신들의 문파를 욕되게 말하는 신승의 말에 어떻게 반응해야 할지 알았다. 물론 자신들의 부모나 마찬가지인 문파를 욕하는 건 발발해야 하는 일이었다.

하지만 부모도 부모 나름이었다.

자신들의 욕심을 채우고자 그들을 내버려 두는 건 부모가 아니었다.

주작단과 백호단의 분노는 마교와 북해빙궁에서 자신들의 문파로 옮겨갔다. 만약 그들도 이 자리에 있었다면 이런 참패는 면할 수 있었으리라. 어떻게 하면 권력을 키울까 생각하지만 않았어도 이 주검들의 수가 이리 많지는 않았을 것이다.

'역겹다.'

이 무림이라는 사회가 역겹다. 태산같이 여겨졌던 스승들도, 장로들도, 장문인도 모두가 하나같이 역겨웠다. 모든 게 가식같이 느껴진다.

"오늘은 울어라."

다시금 잦아든 신승의 음성이었다.

"죽음을 두려워하지 않은 너희의 가족들을 위해 울어라.

절망 속에서도 장렬하게 죽음을 맞이한 그들을 기억하며 울어라. 그렇지만 슬퍼하지는 마라. 그들은 그들의 사문에 없는 용기가 있었다. 이해득실을 따지지 않고 오로지 이 무림을 사랑하는 마음에 검을 들었고, 적들의 손에 죽음을 맞이했다. 자랑스러워하되 불쌍히 여기지 마라. 그들은 용사(勇士)로다."

신승의 말은 갈수록 힘을 얻었고, 점점 사람들의 마음에 불꽃을 키워갔다. 그 불꽃은 자부심이기도 했고, 두려움에 맞설 수 있는 용기이기도 했다.

더 이상 그들은 눈물을 흘리지 않았다.

대신 그들은 속으로 다짐했다.

다시는 이런 일이 일어나지 않게 하겠다고.

어떻게든지.

일주일 사이에 무림맹 임시 지부에는 큰 변화가 있었다. 한 번의 폭풍이 지나간 듯 황폐하기는 했지만 그 속의 무인들의 눈빛은 확신에 차 있었다. 구성원의 마음가짐이 달라진 것 이외에도 주목할 만한 변화가 있었다.

척척척척.

절도있는 발걸음으로 장내를 압도하는 이들이 장원에 들어서고 있었다. 예리한 눈빛과 결연한 표정, 그리고 그 속에 녹아든 온화한 기운. 그들은 소림사의 백팔나한이었다. 물론 그들로 끝이 아니었다. 신승을 대행하여 방주 직을 임시로 맡은 지화승 역시 내려왔고, 호법들은 물론 장로들까지 총출동했다.

여기까지는 소림사였다.

화산파의 매화검수들도 대다수가 무림맹에 모였고, 무당파, 제갈세가, 무황벌 등 무림맹 임시 지부에서 가까운 순으로 속속들이 집결하고 있었다. 그야말로 대규모 이동까지는 아니라 해도 이 무림을 뒤흔들 수 있는 힘을 지닌 이들이 모두 한곳으로 모여들고 있었다.

마교와 북해빙궁이 휩쓸고 지나간 이전보다 지금의 무인 수가 훨씬 많았다. 게다 후기지수들과 징집된 이들로 이루어진 이전과 달리 현재는 무림 명숙들과 장문인, 장로들이 대다수를 이루었기에 전력은 이루 말할 수 없을 정도로 증폭되었다.

더 이상 이해득실을 따지지 않는다.

대신 그들의 어리석음을 통해 희생되었던 무림 동도들의 죽음을 갚기 위해 그들이 한자리에 모였다.

무림이 한가운데로 모이고 있었다.

대문파를 비롯하여 중소문파들 역시 마교와 북해빙궁의 토벌을 위해 모이고 있다.

비록 소를 몇 마리 잃었지만 아직 남은 소들이 많았다. 외양간을 고치기에 너무 늦지는 않았다는 말이다.

꼭 희생이 있어야 깨닫는 이들이었지만 깨달았다는 사실
이 중요했다.

　드디어 무림이 하나가 되었다.

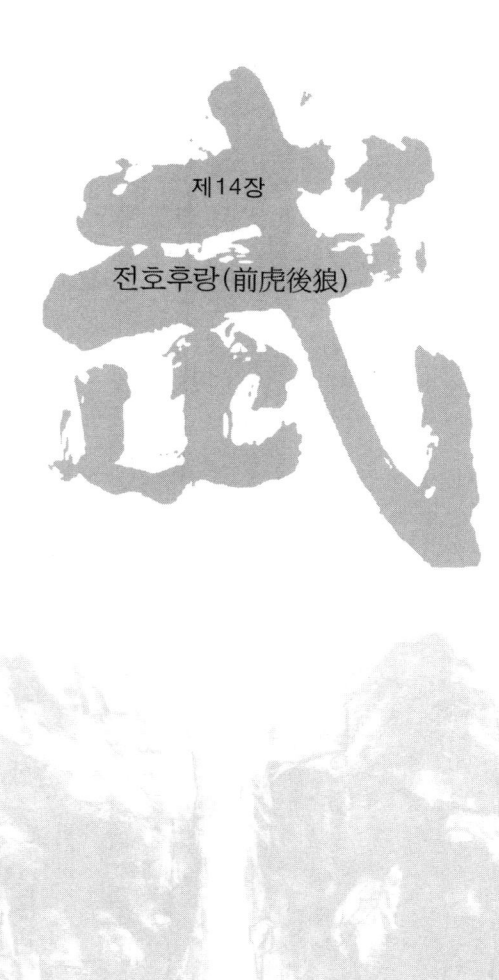

제14장

전호후랑(前虎後狼)

　전호후랑(前虎後狼)은 앞에서 호랑이를 막고 있으려니까 뒷문에서 이리가 들어온다는 뜻으로, 재앙이 끝없이 닥침을 비유적으로 이르는 말이었다.

　지금 뇌운비는 그런 상황에 처해 있었다.

　휘인을 혈옥에서 빼낼 만한 뾰족한 방법이 없다는 사실이 그 재앙의 시작이었다. 무림맹을 완전히 파해할 수 있는 순간에 독고령과 마주치게 된 게 그 두 번째였고, 지금까지는 마지막이었지만 혹여나 네 번째로 이어질 세 번째 재앙은 바로……

　"아직도 궁상 중이냐? 낄낄낄."

키가 뇌운비의 가슴팍밖에 오지 않고 몸이 비쩍 마른, 머리숱이 있기는 하지만 거의 없다시피 했다. 눈을 뜨고 있기나 한 건지 의심이 갈 정도로 얇게 째진 눈 사이로는 기분 나쁜 눈동자가 바쁘게 움직였다. 사람으로 하여금 그에 대한 인상을 나쁘게 하는 건 그것뿐만이 아니었다. 그의 온몸에서는 코를 막지 않으면 견딜 수 없을 정도로 심한 악취가 났다.

개방의 장로보다도 심한 악취가 말이다.

"네 눈이 내 생각보다 작은 모양이야? 마도천하의 문제를 두고 심각하게 생각하며 고통스러워하는 걸 궁상맞다고 볼 정도면."

뇌운비는 특유의 재치로 그를 비꼬았지만 평소처럼 여유로운 표정이 아니었다.

골치 아픈 문제에, 아니, 보통 골치 아픈 게 아니라 마치 재앙을 마주 보는 듯한 얼굴로 뇌운비는 눈앞의 노인을 노려보고 있었다.

노인이 혜성처럼 나타난 건 이틀 전이었다. 어째서인지 태상교주가 살살 기는 게 처음부터 엄청난 인물인 것을 느꼈지만, 설마 자신의 권위를 시험할 정도로 마교 내에서 명성있는 사람인지는 몰랐다.

비라 밝힌 이 노인네는 마교의 모든 일에 간섭을 할 정도로 권력이 있었다. 교주도 아니었고, 무림에 알려진 인물도 아니었다.

그런데 그런 권력을 가지고 있다는 건 뇌운비가 이해할 수가 없었다.

일전에 태상교주에게 물어봤을 때 그의 대답은 상당히 간단했다.

"단가후의 스승이다."

애초에 별로 사이가 안 좋아서인지 그는 세세한 정보는 주지 않았다.

하지만 어차피 별다른 정보는 필요없었다.

뇌운비가 정작 필요한 정보는 비가 나타난 이후에 충분히 얻어졌다.

비는 어떤 이유에선지 마교를 장악하기 위해 나타났다. 단가후의 스승이라 하는데, 그가 죽었기 때문인지는 몰라도 이번에는 직접 자신을 몰아내고 마교의 교주의 자리를 탐내고 있었다.

"궁상맞게 보이니까 궁상이라고 하는 거지 내 눈은 아무런 문제도 없어, 낄낄낄."

그리고 한 가지 더.

그는 어떻게 함부로 할 수 있는 자가 아니었다. 그 대담하기 짝이 없는 뇌운비였지만 눈앞의 노인은 보통의 무인과 조금 다른 부분이 있었다.

'위험한 노인네.'

자신에게 끊임없이 신호하는 감각만 없었어도 뇌운비는 당장에 비의 머리를 터뜨려 버렸을 것이다.

뇌운비는 노인네가 옆에 있든 말든 그를 철저하게 무시했다.

비는 암회주의 지시를 받고 마교로 투입되었다. 상당히 쉬운 임무였다. 마교는 철저하게 비에 의해서 돌아갔다. 어린 시절 단가후에게 마교의 무공을 가르치며 단련을 시켜 마교에 투입시켰다.

오랜 세월이 지나 단가후는 결국 마교의 교주가 되었고, 그 이후 비는 단가후와 직, 간접적으로 교류를 많이 해왔다. 그 와중에 건방진 현재의 태상교주 역시 몇 번 손을 봤고, 서열에 드는 고수들 역시 모두 철저하게 두드려 줬기에 비의 명성은 마교 내에서 대단했다.

그야말로 마교를 장악하는 건 식은 죽 먹기였다.

단지 임무를 받았을 때도 이 뇌운비라는 놈이 조금 거슬렸다. 단가후가 죽어서 물려진 서열이기는 했지만 뇌운비라는 신성이 단번에 마교의 이인자가 되었다가 아주 빠른 시일 안에 또 교주가 되었는지 이해할 수 없었다.

물론 그를 두 눈으로 확인하고 나서는 충분히 이해할 수 있었다.

'그 녀석이 뇌운비는 별 문제가 되지 않을 거라고 했는데……'

내통자에 의하면 뇌운비는 단가후와의 우열도 가릴 수 없을 정도였다고 했다.

별 볼일 없다(?)는 뜻이었다.

하지만 뇌운비는 분명 비가 상상했던 것 이상으로 강한 무인이었다.

천마의 무공을 이었으니 당연하다고 할 수 있었지만, 애초에 암회에서는 뇌운비가 천마의 무공을 완전히 익혔다고 생각하지 않았다.

이미 예전에 암회에서 암흑신권을 입수했었다. 다만 암흑신권은 적격인 체질이 있었다. 그 체질은 상당히 독특했고, 사실 그 무공을 온전히 배울 수 있는 자는 아예 없다고 판명되었다. 그렇기에 암회에서 그 위험한 무공을 마교에 내버려두었지, 안 그랬으면 그 무공은 천마의 손실된 수많은 무공 중 하나로 기록되었으리라.

'인형설삼을 처먹었다고 하더니만.'

태상교주가 일러주었다.

하지만 아무리 좋은 영초를 섭취했다고 해도…….

'깨달음이 받쳐 주지 않으면 큰 효력을 보일 수 없다. 물론 마음의 깨달음이 크면 몸과의 차이를 한꺼번에 없애줌은 물론 오히려 더욱 큰 깨달음을 가져와 수십 년 혹은 백 년의 공

부를 한번에 채워준다.'

비는 말도 안 된다는 얼굴로 고개를 절레절레 흔들었다.

'있을 수 없다. 저런 어린 나이에 나와 필적할 정도의 깨달음을 얻는 건!'

하지만 어떻게 하겠는가.

마음 같아서는 당장에 저 건방진 눈과 혀를 뽑아 삶아 먹고 싶은데 함부로 할 수 없는 기운이 느껴지니.

처음에는 무시했다.

애송이에게서 이런 기운이 느껴질 리가 없다고 생각하며 무시하려고 했지만 비는 뇌운비의 눈에서 느껴지는 위압감을 무시할 수 없었다.

그랬기에 비는 조금 다른 방법을 생각해야 했다.

'빈틈투성이지만 그를 죽일 수 있을 정도로 그 빈틈이 크냐가 문제다.'

비는 결국 기회를 엿보기로 했다. 단번에 그를 죽일 수 있는 빈틈. 조금이라도 일이 틀어지면 안 되었기에 비는 거듭 조심하고 있었다.

물론 거기에는 또 다른 문제가 있었다.

자신이 노리고 있다는 사실을 마치 알고나 있듯 뇌운비는 큰 빈틈을 보이지 않았다. 애초에 주먹을 쓰니 남들처럼 무기와 떨어져 있을 때가 없었다. 혹시나 주먹을 빼놓고 다니면 몰라도 뇌운비를 기습하기 위해서는 조금 더 신중을 가해야 했다.

비는 거의 하루 종일 뇌운비를 따라다니며 괴롭혔지만 마
땅한 기회를 찾을 수 없었다. 작은 빈틈은 넘쳐 났지만 과연
그를 단번에 죽일 수 있을지 고민을 하다 그 빈틈을 놓치게
된다.

위험 부담이 있어도 기회가 오면 바로 공격을 하면 되는데
그건 비가 용납하지 못했다.

만약 선공을 날렸음에도 불구하고 깔끔한 처리를 하지 못
한다면, 아니, 오히려 역공을 받게 되어 상처라도 입게 되면
이건 낙과 암회주를 볼 면목이 없어지게 된다. 겨우 애송이
한 명을 처리하는 데 고전을 면치 못했다는 이야기만 퍼져도
자신의 위상이 낮아진다.

'언젠가는 기회가 올 거다.'

손만 뻗으면 닿을 위치에 뇌운비가 있었지만, 비는 자존심
이 상하지만 음흉한 눈알만 굴릴 수밖에 없었다.

혈옥.

혈옥은 무림맹의 지하에 위치해 있다. 지금 뇌운비가 장악
하고 있는 그 무림맹의 지하 말이다. 복잡한 미로 같은 길을
통해서만 혈옥의 문에 이를 수 있었다.

요약하자면 정확한 길을 모르면 혈옥에 도착하기도 전에
길을 잃게 된다. 그리고 어쩌면 절대로 빠져나올 수도 없을

정도로 그 길은 복잡했다.

활짝 열린 혈옥의 문을 향해 천천히 걸어가는 인물이 있었다.

눈빛이 싸늘하게 식어 있음은 물론 마치 누군가를 비웃는 듯하지만 그럼에도 불구하고 빼어나게 아름다운 그의 미모는 가리지 못했다.

마치 한창 나이의 여인만큼이나 아름다운 외모였다.

뇌운비.

정확하게 그는 뇌운비와 똑같이 생겼다.

그는 혈옥의 문 앞에 멈춰 섰다. 문이 열려 있었지만 들어가지는 않았다.

"휘인?"

그는 휘인을 나직이 불렀다.

큰 목소리는 아니었지만 힘있는 목소리였다. 잠시 딴생각을 할 무렵이었을까? 휘인을 포함하여 그의 일행이 모두 혈옥의 문 앞으로 나왔다. 물론 그 일행에는 며칠 전부터 기생해 있던 진천악까지 포함되어 있었다.

휘인은 그를 조용히 쳐다봤다.

"청운."

청운이라는 단어가 나오자 소여락의 눈이 반짝였다.

물론 놀라는 곽소천과 임홍의 눈과는 조금 다른 의미에서 반짝였다.

그리고 뇌운비를 모르는 진천악은 '아아, 청운이라는 사람인가 보군' 이라고 그냥 고개를 끄덕이고 있었다.

청운은 본연의 부드러운 얼굴을 되찾았다. 별 개성이 없어 쉽게 잊어버릴 수 있는 얼굴. 갑자기 얼굴이 변하는 모습은 언제 봐도 일행에게 놀라웠다. 두 번, 세 번 보는 임홍도 입이 떡하니 벌어져 있는데, 처음 보는 진천악은 그 심정이 어떠할까?

"…괴물이야!"

귀청이 떨어져 나가는 듯한 소리에 나머지 사람들은 귀를 막고 인상을 썼다. 시선이 자신에게 모여지자 그는 '응? 왜?' 라는 얼굴로 능청스럽게 고개를 돌렸다.

시선이 다시 돌려진 이후에도 진천악은 지금의 상황을 조금도 이해할 수가 없었다. 얼굴과 분위기, 심지어 기도까지 제멋대로 바꾸는 인물은 지금까지 들어본 적이 없었다. 게다 그 사실을 꽤나 덤덤하게 받아들이는 휘인의 정체까지 의심이 간다.

진천악이 혼자서 머리를 굴리는 동안 청운은 방문의 목적에 대한 이야기를 꺼내고 있었다.

"여전히 얼굴색이 좋으시군요."

감옥에서 몇 달을 보낸 사람이라고 생각하기에는 너무도 깔끔한 외모였다. 수염을 항상 깎는지는 몰라도 그의 모습은 단정했다. 심지어 옷에도 때가 묻어 있지 않았다.

최근에 들어온 진천악보다도 훨씬 깨끗한 모습이었다. 물론 진천악은 자는 상태로 주위를 굴러다녔으니 더러운 게 당연한지도 모른다.

　"용건은?"

　'반갑다', '잘 왔어'와 같은 따뜻한 말을 기대한 건 아니지만 청운의 표정은 어딘가 어두워 보였다.

　"이 혈옥의 결계를 완전히 없애는 방법은 없습니다."

　"……."

　휘인은 담담하게 고개를 끄덕였다.

　"……!"

　소여락, 곽소천, 임홍, 그리고 진천악은 머리를 쥐어짜며 고통스러워하는 표정이었다. 단지 말로써 표현을 안 할 뿐이지.

　"대신 대문파들의 수장에게 나눠 준 돌들을 한자리에 모으면 결계를 무효화하는 기류를 발산한다고 하더군요. 물론 일시적인 방법입니다."

　휘인이 결계를 해제하는 방법이 없는지 뇌운비에게 물어봤던 질문을 청운이 대답하고 있었다.

　"휴우~"

　그의 말에 안도의 한숨을 쉬는 일행들.

　하지만 휘인의 눈빛은 밝지 못했다.

　그의 예감이 적중했을까?

청운이 비릿한 미소를 띠어 보이며 입을 열었다.

"그렇지만 이제는 그 방법도 쓸 수 없습니다."

희로애락을 오고 가는 일행들 중에 휘인은 여전히 청운을 날카롭게 쏘아보고 있었다.

청운이 앞으로 무슨 짓을 할지, 무슨 말을 할지 느껴진다.

청운은 품 안에서 작은 돌을 꺼내 들었다. 붉은색에 투명한, 돌이라고 하기보다는 구슬에 가까운 물건을 손가락으로 집어 일행에게 보여주었다.

"그거, 내가 생각하는 그건가?"

입까지 헤벌려 마냥 신난 임홍이 물었다.

다만 눈치가 빠른 나머지 일행들의 표정은 차갑게 식었다.

청운의 미소는 소름 끼치는 부분이 있었다.

"그래요. 화산파의 장문인이 가지고 있던 혈옥의 돌입니다."

청운은 말을 끝마치며 돌을 떨어뜨렸다. 임홍이 '무슨 짓이야!'라고 말하기도 전에 그는 발로 그 돌을 세게 밟았다. 내공이 담겨 있었는지 그 구슬은 산산조각이 나며 잔재만이 남았다.

"무슨 짓이야!"

망치로 삼만 대는 두드려 맞은 듯한 표정을 지은 건 임홍뿐만이 아니었다. 심지어 청운을 잘 몰라 그가 배신한 건지도 모르는 진천악이 어지러움증을 호소하며 쓰러지려 할 정도였다.

진천악은 나머지 일행을 무시하며 오로지 휘인을 바라보며 말했다.

"안타깝게도 당신의 운명은 여기에서 끝인가 봅니다. 제 임무 역시 여기에서 끝. 다시 뵐 기회는 없겠지만, 어쨌든 다음에 또 보게 되면 봅시다. 그럼 저는 이만 물러가겠습니다."

"……."

휘인은 잠자코 그가 물러가는 걸 지켜봤다.

"이 자식아, 어디 가! 이 배신자야! 이럴 생각이었으면 왜 우리 일행에 낀 건데!"

임홍은 두 팔을 걷어붙이고 청운을 손보기 위해서 다가갔다.

쿵!

물론 결계는 건재했다.

임홍은 아차 하는 심정을 느끼며 바닥에 스르르 쓰러졌다.

이제는 몇 번째인지 셀 수도 없었다.

이 와중에서도 곽소천과 소여락은 그를 보며 혀를 차기 바빴다.

곽소천은 멀어지는 청운을 보며 끓어오르는 분노의 기운을 느낄 수 있었다. 어떻게든 이 상황을 타개해 보고 싶지만 그 기회가 없다는 사실에 분노는 더욱 커져만 갔다.

소여락이 청운에 대해 느끼는 배신감이 제일 큰 모습이었다. 온몸을 부르르 떠는 그녀의 모습에 잠을 자고 있던 임홍은 소름이 돋아 부르르 떨었다.

'버림받았어.'

진천악은 이 상황을 어떻게 받아들여야 할지 몰랐다.

그러다 일이 이렇게 된 원흉을 찾게 되었다.

'뇌운비!'

살인 충동이 느껴졌다.

그렇지만 안타깝게도 충동에 그쳐야만 하는 현실에 눈물이 난다.

그들은 배신당했다.

청운에게서.

'누구의 지시로, 왜!' 라는 근본적인 질문은 아무도 묻지 않았다.

단지 '내 인생 쫑났다' 라는 얼굴로 패배감에 젖어 있는 이들로만 가득했다.

희망의 불씨가 완전히, 흔적도 남기지 않고 소멸해 버렸다.

틈이 지금인가? 아니면 더 기다려야 하나! 팽팽한 신경전을 벌이던 중 이틀이 지나자 비는 드디어 자신에게 적절한 기회가 왔음을 깨달았다.

무림맹의 숨겨진 보고를 찾아내었다는 보고를 듣고 뇌운비는 단숨에 보고를 뒤져 가기 시작했다. 고대의 병기를 모은 보고였는데, 그중에 뇌운비의 시선을 사로잡는 마물(魔物)이 있었다.

마물에 한 번 시선을 준 뇌운비는 주위를 둘러보았다.

당연히 그 보고에는 뇌운비 외에도 비 역시 눈을 반짝이며 이 무기, 저 무기를 살펴보고 있었다. 이 순간만큼은 뇌운비도 뒷전이었다.

저절로 침이 새어 나올 정도로 대단한 보물에 비는 정신을 차리지 못했다.

비의 눈빛을 확인한 뇌운비는 다시 마물에게 시선을 빼앗겨 뗄 줄을 몰랐다.

작고 검은 돌이었다.

지금까지 수많은 돌을 봤지만 뇌운비는 이렇게까지 깊고도 짙은 검은색을 내는 돌은 처음 봤다. 어딘가 모르게 요기까지 흘리는 독특한 돌이었다.

돌의 위에는 한 자가 쓰여 있었다.

破.

깨뜨릴 파 자였다.

뇌운비는 무의식적으로 그 돌을 집었다. 그와 동시에 폭풍과도 같은 바람이 그 중심에 일어나면서 보고를 엉망으로 만들었다.

당연히 비의 시선이 그에게로 집중되었다.

비는 눈동자가 풀리고, 어떤 돌을 집은 채로 정신을 잃은 뇌운비의 모습을 볼 수가 있었다.

비는 뇌운비의 모습에서 그 어떤 돌에게로 돌려졌다.

'마석(魔石).'

비는 경악한 듯한 표정을 지었다.

지금의 상황을 받아들이기 힘든 얼굴이었다.

비는 마석에 대해 알고 있었다.

암회에서는 이미 무림맹의 보고 내용을 잘 알고 있었다. 암회의 내통자들은 그 어떤 세력에도 잠입되어 있기에 그들의 정보력은 그 어떤 정보 단체보다 엄청나다 할 수 있었다.

그렇기에 비 역시 이런 구석에 박혀 있는 마석에 대해 알 수 있었다. 물론 비는 마석에 대해 조금 더 많은 사실을 알고 있었다.

마석은 무림맹이 창맹하기도 전부터 존재하고 있었다.

마석은 마치 지능이 있는 것처럼 주인을 선택한다. 딱히 선택한다고 하기보다는 마지막 주인이 죽은 이후 가장 먼저 마석을 집는 사람을 주인으로 선택한다. 어떻게 돌이 주인을 선택하는지는 알려져 있지 않았다. 다만 특한 의식이 있다는 사실은 알고 있었다.

희귀한 고사들을 살펴보면 이 마석에 대한 설명 몇 가지를 알 수 있었다.

'역대로 이 마석을 소유했던 이들은 모두 남에게 살해당했다.'

이 마석에 관한 이야기들은 모두 전설처럼 느껴져 비는 그것에 대해 정확하게 알고 있었다.

무인이 살인을 당해 죽음을 맞이하는 건 어찌 보면 당연한데 마석을 지녔던 자들은 조금 달랐다. 모두 이성을 잃고 온몸이 검게 변했음은 물론 근육이 비상식적으로 부풀려진 채로 무차별적인 살인을 저지르며 폭주한 상태가 누군가에 의해 죽임을 당할 때까지 이어진다고 비는 알고 있었다.

아니, 비는 경험해 본 적이 있었다.

살다가 단 한 번 전대 소유자와 격돌을 한 적이 있었다.

'다시는 해보고 싶지 않은 경험.'

암회주가 살려주지 않았다면 지금쯤 자신은 땅에 묻혀 있으리라.

마석이 무림맹의 숨겨진 보고에 자리하고 있는 건 그 거창한 이야기들과는 별 관련이 없었다.

다음 대 소유자를 찾기 위해 끊임없이 그 힘을 발산하던 돌은 주청학을 만나게 되었다. 물론 단번에 마석의 정체를 알아차린 그는 그 마물을 봉인시켰다.

적어도 암회에는 그렇게 보고가 들어왔다. 마물이 제힘을 쓰지 못하도록 주청학이 그만의 방법으로 조치를 취했다고

했는데,

'왜 봉인되어 있지 않지?'

봉인이라는 말은 분명 독특한 금속이나 목재로 돌을 둘러싸서 제힘을 쓰지 못하도록 만드는 것이다. 적어도 주청학이 그 방법을 사용했다는 보고가 아직도 암회에 잘 보관되어 있었다.

하지만 분명 뇌운비가 건드리는 즉시 그 '의식'이 발동된 건 돌이 제 혼자 나와 있었고, 봉인은 풀어져 있었다는 말이 되었다.

분명히 숨겨진 보고는 누군가가 침입한 흔적 없이 족히 오십여 년간은 비밀로 지켜져 있었다. 가득히 쌓인 먼지가 그 사실을 대변했다.

그런데 돌은 봉인이 풀어져 있었다.

'이상해.'

물론 이 모든 사실을 오로지 종이에 쓰인 정보로만 알고 있는 비가 이 모든 걸 정확하게 알기란 불가능했다. 누군가가 보고를 빼먹었을 수도 있고, 내통자가 잘못 알고 있는 것일 수도 있었다.

'혹시 돌이 제멋대로 나온 건 아니겠지?'

돌이 제힘으로 봉인을 풀고 나왔다는 소름 끼치는 생각에 비는 몸을 부르르 떨었다.

"……."

그때 뇌운비에게서 느껴지는 강한 바람이 잠잠해지기 시
작했다.

의식이 끝난 것이었다.

『무림공적』 7권에 계속

초등학생이 반드시 읽어야 할 좋은 책 49권

각 학년별로 초등학생이 반드시 읽어야할 좋은 책을
선정하여 통합논술의 기본이 되는 '올바른 독서법'을
일깨워 줍니다.

교과서와
함께하는
초등학교 통합논술

초등1학년 | 값 12,000원 / 초등2학년 | 값 9,500원 / 초등3학년 | 값 11,000원 / 초등4학년 | 값 9,500원 / 초등5학년 | 값 9,500원 / 초등6학년 | 값 11,000원

♣ 혼자 할 수 있어요.

엄마가 책 읽는 방법을 가르쳐 주어도 좋아요.
독서지도하는 선생님이 가르쳐 주어도 좋답니다.
"초등 교과서와 함께하는 **통합논술 시리즈**"는
아이 스스로 독서할 수 있도록 꾸며진 책이에요.
엄마와 선생님은 요령만 가르쳐 주시면 된답니다.

♣ 교과서의 중요한 내용이 총정리되어 있어요.

각 학년별로 중요한 교과 내용이 함께 수록되어 있어요.
초등학생은 교과서 내용을 충실하게 공부해야합니다.
아울러 그와 병행한 독서가 대단히 중요하지요.
"초등 교과서와 함께하는 **통합논술 시리즈**"는
두가지 방법 모두 알려준답니다.

♣ 이 책은 훌륭하신 선생님들이 함께 쓰신 책이랍니다.

동화작가 선생님들이 쓰셨어요. 소설가 선생님도 쓰셨답니다.
국어 논술독서지도 선생님들도 함께 쓰셨지요.
"초등 교과서와 함께하는 **통합논술 시리즈**"는
엄마의 마음으로 모든 선생님들이 함께 꾸민 책이랍니다.

잘나가고 싶은 사람은 읽어라!

그에게 한눈에 반했다! 그것은 분위기 탓?
애인과 나란히 걸어갈 때 당신은 좌, 우 어느 쪽에 서는가?
이성은 왜 서로 끌리는 걸까? 그 심층 심리를 해명한다!

30초의 심리학

■ **30초의 심리학**
아사노 하치로우 지음 / 계일 옮김 / 값 8,500원

처음 본 사람인데 와 닿는 느낌이
너무나도 강렬한 사람이 있다.
흔히 하는 말로 '필이 꽂힌 사람',
그래서 잊혀지지 않는 사람,
한눈에 반했다고 하는 것이 바로 그것이다.
이런 인간의 감정을 논하는 데
남녀의 구분이 있을 수 없다.
사랑하는 그, 혹은 그녀를
생각하는 것만으로도 가슴이 두근거린다.
이상할 것 없다. 당연히 그럴 수 있는 것이다.
그렇기에 인간을 감정의 동물이라 하지 않는가.
그러나 그렇게 좋아하는 그 사람이
어느 날 갑자기 싫어지는 경우는 왜일까?

Psychology